Chara

暴君竜の純愛

せ番外編2

犬飼のの

キャラ文庫

この作品はフィクションです。
実在の人物・団体・事件などにはいっさい関係ありません。

CONTENTS

口絵・本文イラスト／笠井あゆみ

暴君竜の白くて甘い日

もしもこれが夢なら、死ぬまでずっと覚めないでくれ――潤《じゅん》との間に子供が出来てから、そんなことを祈るようになった。

潤によく似た美形顔のわりに、手のかかるやんちゃな長男の慈雨《じう》も、おっとり優しい性格で可愛《かわい》い次男の倖《こう》も、同じくらい大切で、愛《いと》しくてたまらない。

寝ているときに顔を蹴られても、服によだれを垂らされても腹が立たず、俺は我が子限定で自分でも不思議なほど寛容になった。

目に入れても痛くないとすら思うからこそ、ときどき無性に怖くなる。

もしもこの幸せが夢で……目が覚めたときに潤から、「え、子供？　夢でも見たのか？」と笑われたら……あるいは潤はすでに死んでいて存在しなかったら、俺は壊れてしまうだろう。

そんなことを考えるのは、かつて潤を殺しかけ、つい最近もまた、慈雨と倖の命を奪う最悪のルートを選択した事実があるからだ。

潤の説得により軌道修正できたとはいえ、危ういところに踏み込んだのは間違いない。

子供が生まれる前の俺は、潤の身を危険にさらすのが怖くて、子供が出来たらうれしいとは思いながらもあきらめていた。その時点では妊娠しているわけじゃないと誤認していたせいもあるが、俺の認識不足で、かけがえのない命が失われようとしていたことに変わりはない。

臆病な俺の判断ミスをフォローしたのは、他ならぬ潤だった。

潤に腹の子の声を聞く能力がなかったら、そして潤に子供たちを信じる勇気がなかったら、今の幸せはなかった。俺は潤と自分の血を引く可愛い我が子を死に追いやり、殺したことに気づきもせずにすごしていただろう。

「んー、オッパイ……オッパイは？」

すやすやと気持ちよさそうに昼寝していた慈雨が、半覚醒して潤の胸をさぐり始める。

おかげでこれが現実だという実感を覚えた。

たとえ真っ昼間でもひとりだけ起きていると、このまま別世界に取り残されて目が覚めたらすべて夢だったなんてオチになりそうで怖くなる。

「お前が起きると急に現実味が増すな」

「んー？　マーマのオッパイは？」

「我慢しろ。潤は朝からお前に振り回されて疲れ気味だ。土日くらい休ませてやれ」

オッパイもなにも、慈雨も倖も卵生で、潤の体から母乳が出ることはない。それでも本能的に乳が恋しいのか、慈雨は一度吸いつくと潤の乳首からなかなか離れない子供だった。

「オッパイ……ん、ぅ、オッパ……ッ」

我慢しろといっても我慢できなくて当然の年齢。孵化《ふか》からまだ一月しか経《た》っていない慈雨は、俺が抱き上げた途端に眉を寄せ、欲求が満たされないことへの不満を示す。

潤は子供たちがグズると目を覚ましてしまうので、慈雨を寝室の外に連れだした。

「進路に悩んでるらしいし、今日は寝かせてやりたい。なんかやるから我慢しろ」

「んー、や」

「嫌か……しょうがねえな、母乳出ねえのは一緒だし、俺の乳首でも吸うか?」

「や、や!」

潤を赤ん坊にしたみたいな顔をして、そのうえ潤より明るいブロンドでありながらも、肌の色だけは俺に似ている慈雨は、マリンブルーの目を潤ませる。人間の子供でいうと満一歳くらいまで育っていて、ムチムチしていて重みがある。イヤイヤをする仕草が可愛い。

「そうか、潤の乳首じゃなきゃ嫌か、そりゃそうだよな。アイツの胸は、乳が出なくてもいいにおいがしてうまいもんな」

「んーま、んま」

「あの乳首のうまさがわかるあたり、さすがは俺の息子だ」

「むっ、むこむこ」

「婿にはやらねえぞ、お前はうちの子だ」

とりあえずミルクで誤魔化すことに決め、慈雨を抱いてキッチンに行く。

飲ませるのは、慈雨の大好きな海獣用ミルクだ。

「ミーク?」

「ああ、お前専用のミルクだ。正確には水生哺乳動物用粉ミルク。水族館で、人工保育のアザラシなんかに使うやつだ」

「ミーク！　ジーウのミーク！」

「すぐできるからおとなしくしてろ」

　孵化したばかりのころは勝手がわからず、湯で溶いて人肌程度にしてから与えていたが、今は慈雨の好みに合わせて冷やして与える。このミルクは、アザラシなどが冷たい水の中での生活に必要な皮下脂肪を蓄えるために作られていて、脂肪分がとても多い。

　慈雨に飲ませるときは濃いめに溶き、それからベビー用純水で出来た氷を哺乳ビンに入れて、軽く振って冷やすようにしていた。

「できたぞ。『いただきます』といえ」

「んっ、らきます！」

　慈雨は『らきます』と二度くり返したが、視線は哺乳ビンにくぎづけだった。

　手渡すと両手ではさんで持ち、底を天井に向ける勢いで飲みだす。

　普通なら腹を壊しそうなミルクを大よろこびで飲む姿を見ていると……こいつは本当に水棲《すいせい》竜人なんだと、しみじみ思った。

「お前は泳ぎが上手《うま》いもんな。見た目より重たいのも骨密度が高いせいで、いつか海の底までスイスイ泳いでいくんだろうな」

「まあ、ちゃんと戻ってくりゃそれでいい」

ンクンクと哺乳ビンの乳首に吸いつく慈雨は、なにも耳に入らない様子でミルクを飲み、目を細めてうっとりする。

陸棲《りくせい》竜人の王である、ティラノサウルス・レックス竜人の子でありながら、慈雨が水棲竜人であることを、俺は少しだけ……ほんの少しだけ残念に思っていたが、正直なところ、そういう感情が「ほんの少し」であることに自分でおどろいていた。

「ん、んぅ、まー」

「うまかったか？」

「ん、うま、んま」

ミルクを飲んで満足そうにしている慈雨の口元を拭うと、とろけんばかりの笑顔が返ってくる。そのはずみで口角からミルク混じりのよだれが垂れたので、透かさず舐《な》めた。

「ケフケフしろ」

背中をさすりトントンと軽めに叩《たた》くと、慈雨はすぐにケフッとやる。

慈雨も倖も余計にミルクを飲むことはなく、吐き戻しなどはない。内臓も強いため、食後すぐに動き回っても平然としていて、やはり丈夫にできている。慈雨の場合は、寝るか泳ぐか、どちらかの行動を取り、泳ぐときは居間にある巨大水槽に自ら飛び込む。

「慈雨、今日はどうするんだ？　俺としてはお前がこのまま起きてても構わねえが、水に入っちまうとつまんねえな」

「んぅ……オッパイ？」

「それはダメだ。だいたいあれは俺だけのものだからな。許可なく勝手に吸うんじゃねえ」

「んー？」

「いいか、潤の体にくっついてても、あれは俺のものなんだ。もう一度わかりやすくいうぞ。『ママはパパのもの』と、しっかり覚えておけ。わかったか？」

慈雨は小首をかしげるばかりで「はい」とはいわず、「んーんー」とうなってばかりいた。

おおむね理解しつつも納得いかず、かといって俺に逆らう気もないのだろう。

認めたくない気持ちはわからなくもない。

俺だって、もしも潤の子として生まれたら一生あの乳首を吸っていたい。

「……ん？　寝たのか？」

子供というのは面白いもので、ほんの数秒前まで起きていたと思ったら、次の瞬間には船を漕《こ》いでいたりする。油断するとカクンと落ちて頭を打つので、目が離せない存在だ。

慈雨は高速ハイハイで家具にぶつかってもすぐに治る体を持っているが、これが人間の子供だったらどんなにか大変だろう。竜人の子供とは違い、ちょっとした失敗が命にかかわるほど、もろく儚《はかな》い命のはずだ。

潤を産み育ててくれた渉子《しょうこ》さんに、俺は以前から感謝の気持ちを持っていたが、子供が出来た今ではその気持ちがさらに高まっている。彼女が大事に大事に育ててくれたから今の潤がいて、潤と一緒に生きる俺がいて、慈雨と倖がいる。

「──近いうちに紹介しないとな。お前たちは成長が早いし、可愛いうちに見せねえと申し訳ない……つーか、すげえ叱られそうだ」

慈雨を起こさないよう寝室に戻ると、ベッドに横になっていた潤がむくりと起き上がった。

「可畏《かい》……慈雨、寝てる？」

「ああ、一度起きたが、ミルクを飲ませたらいきなり落ちた」

「えっ、可畏が飲ませてくれたのか？」

眠そうな半目顔から一転、潤はカッと目を見開く。おどろいていても、あくまで小声だ。

「ああ」と短く答えると、潤は慈雨や倖を起こさないよう慎重に立ち上がり、抜き足差し足で目の前まで来る。

スピスピと寝息を立てて眠っている慈雨の顔を覗《のぞ》き込むなり、「お腹《なか》いっぱいになって満足そうな顔してる。可愛いなぁ」と笑ったが──俺の目には、潤も同じくらい可愛く見えた。

「ミルクあげてくれてありがとう。昼間から寝ちゃってごめん」

「疲れてたんだろ」

「うん、まあそれもあるんだけど。でも俺しかいない状況だと、子供たちを寝かしつけながら一緒に寝ちゃうことってあまりないんだよな。可畏がそばにいると安心するっていうか、気がゆるんで眠くなっちゃって」

「そうか」

それはとてもいいことだと思う——とは、どうにも照れくさくていえなかったが、内心そう思っていた。畏怖されてこその暴君竜だと、幼いころから当たり前に考えていたにもかかわらず、今は潤に「安心する」といわれるのがうれしい。

潤の言葉が、胸元に輝く勲章のように形を成して、俺を格上げしてくれた。

そんなことを考えている自分が少し恥ずかしく……視線をそらしてベッドに向かう。

慈雨と倖の背中が隣り合わせになるよう、そっと寝かせた。

「慈雨も寝たし、寝なおしていいぞ」

「ありがとう。けどやることあるからもう起きる。寝るつもりじゃなかったんだ」

「やること?」

「今日は三月十四日だろ?」

「——ああ、子供たちが孵化して一ヵ月か」

ついでにホワイトデーだな——と思ったが、それは口にしないでおく。

「それもあるけど、なんたって今日はホワイトデーだから」

「そういや、そんなイベントがあったな」

「男として忘れちゃダメなイベントだろ」

潤はベッドの安全柵を上げると、「実は昨日から準備しておいたんだ」といって、また抜き足差し足で寝室をあとにした。ドアを半分だけ閉めて子供が起きたときに対応しやすいようにすると、冷蔵庫の中身を確認する。

「バレンタインの日に卵が突然孵化したから、ケーキ作ってる場合じゃなくなっただろ？　つき合って初めてのバレンタインだったのに、子供のことしかできなかったのが心残りで」

「チョコレートケーキを作るのか？」

「うん。生クリームじゃなくて酸味が少ない水切りヨーグルトをそえて、濃厚だけど甘さひかえめで後味スッキリのケーキにするんだ。ほんとはもっと早く作りたかったんだけど、孵化から先の一ヵ月は、これまでの人生の十倍速で進む感じだったから」

「あっという間だったな」

うんうんとうなずいて準備を始める潤は、実にたのしそうだった。

キッチンに立つのは気分転換になるらしい。体全体から明るいオーラが見えるようで、ウキウキしている潤の姿を見ているだけで俺の気分まで上がってくる。

子供たちのミルクの好みがわかったり、眠るペースや泳ぐペースがつかめてきたり、玩具《おもちゃ》やぬいぐるみ、気に入りのおしゃぶりを使ってグズった際に対処できるようになったことで、潤は余裕や自信を持ち始めていた。

まだ不確かなことも多く、これから新たな問題が生じるかもしれないが、子供の成長とともに潤も親として成長し、その都度きちんと乗り越えていくだろう。

もちろん俺も、後れを取らないよう精進しなければならない。

「——このにおいを嗅ぐと、子供たちが孵化したときのことを思いださねえか？」

「チョコレートのにおい？　俺も同じこと考えてた。大変だったし、胸が張り裂けそうだった記憶が今でも残ってるのに、このにおいとつながるのはうれしい印象だな。この先、チョコのにおいを嗅ぐたびにニマニマしちゃうかも」

「そうかもしれねえな」

バレンタインの日に、慈雨と倖は硬い殻を割って自ら孵化し、俺と潤の前に現れた。

人生最高の幸せとよろこびを感じたのは、孵化したふたりの無事な姿を目にしたときだ。

「はーい、お待たせしました。チョコレートケーキというか……フォンダン・ショコラの完成です。まあ、上手くいってればだけど」

チョコレートの甘い香りの中でてきぱき動く潤を追い続けていると、甘さよりも香ばしさが強いケーキが登場する。ふたりなら一度で食べきれるサイズのホールケーキだ。

「フォンダン・ショコラだったのか」

「切ってトロッとなれば、の話だよ。試作したときはそこがあまり上手くいかなくて、単なるチョコレートケーキになっちゃったんだ」

「ブランデーのにおいもするな。濃厚なチョコレートと混ざって、いい感じだ」

「うん、ちょっとだけお酒入れてみました。愛の告白とかバレンタイン的なオプションはつかないけど、愛情たっぷり込めましたんで、どうぞ食べてください」

「ありがたくいただこう。それにしても大したもんだな。粉やクリームや板チョコから、よくこんな立派なケーキが作れるもんだ」

「そんなこと考えながら見てたんだ？」

「魔法でも使ってるみたいだった」

「そこまでいうと大袈裟《おおげさ》だってば。自己流でやってる素人だし」

謙遜しつつもそれなりの自信を持っている潤は、ケーキ用ナイフを手にしてテーブルのこちら側にまわり込む。普段は正面か斜め前に座るためどうしたのかと思えば、「可畏、一緒にケーキ入刀しよう」と誘ってきた。

「ケーキ入刀？　共同作業か？」

「うん、やっぱここは共同作業だろ」

「それは結婚披露宴でやることだ」

「むしろそこではやりたくない」

恥ずかしいじゃん——と笑う潤にうながされ、一つのナイフを潤とともに手にする。

刃の先にある黒っぽいケーキからは、いい香りの湯気が立ち上っていた。

「ケーキ入刀は、人間の夫婦にとって初めての共同作業だったな」

「あ、そうか……俺たちの代表的な共同作業といえば子作りだし、披露宴ではやりたくないとかいう以前に、やっちゃダメ系?」

「いや、あれは結婚式を挙げて夫婦になってから初めての共同作業って意味だったはずだ。子持ちでも問題ない」

「へー、知らなかった。そうだったんだ?」

「人間のルールは面倒で、ときどき面白い」

「うん、そうかも。あ……しゃべってる場合じゃなかった。冷めないうちに切ろう!」

潤は俺の手をつかみ、ケーキに向けて引く。

「はい、ケーキ入刀のお時間です。みなさん拍手をどうぞー」と司会ふうにいいながら、拍手なしでケーキを真っ二つにした。

一緒に握っていたケーキナイフに、溶けたチョコレートがたっぷりとつく。

現れた断面から湯気がブワッと立ち上った。

同時に、つやつやした生チョコがマグマのようにあふれだす。

「あ、いい感じ。ほら、トロ—ッて」

それはとてもおいしそうに見えたが、なにより満足げな潤の声や、明るい笑顔が愛しい。

ああ、コイツがうれしいと俺もうれしいんだと実感して、自然と顔がゆるんだ。

今は子供たちに意識が向きがちだが、やはり俺の幸福の根源は潤なのだと、改めて思う。

「普通は生クリームをそえるけど、熱ですぐ溶けちゃうから、今日は生クリームのようでチーズにも似たヨーグルトをそえまーす」

歌に近い軽快な口調で語る潤と椅子を並べ、ヨーグルトをそえた熱々のフォンダン・ショコラを口にする。

「──うまいな」

「ほんと？　よかったー」

お世辞じゃなく、心からうまいと思った。

酔いそうなほど濃度の高いチョコレートの香りと味、芳醇《ほうじゅん》なブランデー。どこか淫靡《いんび》で蠱《こ》惑《わく》的なそれらのあとから、じわじわと追いかけてくるヨーグルトの後味。

爽やかで新鮮で、どこかなつかしくもある味に舌がよろこびだして、自分がいかに果報者か気づかされる。

愛情をたっぷり込めたという潤の発言は、大袈裟でも嘘《うそ》でもない。

プロが作るケーキとは違い、愛情が息づいていた。

理屈じゃなく、五感で感じることができる。

「んー、手前味噌《みそ》だけどいい感じ！　試作品より断然よくできた気がする。やっぱりあれだな、気合いと愛情の差ってやつだ」

「試作のときはどっちも足りなかったのか？」

「頑張ったけど……ちょっと足りなかったな。リアムや辻《つじ》さんたちに食べてもらうのを前提で作った試作品と、可畏のために作った本番は違うから。これまでいろんなケーキを作ったけど、こんなに上手くできたの初めてかもしれない」

愛の告白のオプションはつかないと宣言しながらも、潤は俺に対する愛情を当たり前にあるものとして語り、そのたびに俺の心臓は躍りだす。

夢のような現実が、潤には至極当然の事実になっていることに安堵《あんど》した。

「あ……え、可畏？」

キスがしたくて肩を抱く。

一瞬おどろいた潤は、ティッシュに手を伸ばそうとした。

唇のチョコレートを拭うためだろうが、もったいないので俺が舐め取る。

「ん、可畏……っ」

若く健康なベジタリアンの潤の唾液は、肉食竜人にとって上質な栄養源だ。

気持ちがなくてもうまいのに、潤への想《おも》いや、人生最高の瞬間にリンクするチョコレートの香りが加わって、言葉では表現できない味になる。

「ん、ぅ……ふ」

「──ン」

頭の芯が、甘い酔いに揺れた。

美味な唾液を交わし、舌の上で転がして吸う。

欲求が止まらず、うなじに手をそえながら口の中をさぐった。

犯すように唇を崩し、こねて……舌をねじ込んで味わう。

「……ん、く、ぅ」

わずかな隙をついて漏れる声が艶を帯び、食欲に続いて肉欲を刺激してくる。

力を入れすぎると折ってしまいそうな細首も、咬《か》みつきたくなる唇も、傷つけてしまわないよう慎重にあつかいながらキスをした。

触れていたうなじから、潤の力がかくんと抜ける。

シャツの上から胸をまさぐると、すでに痼《しこ》った乳首が存在感を示していた。

「ふ、ぁ……可畏……ッ」

椅子の上で胸を反らし、びくんっとふるえる潤のシャツに手をかける。

襟元から手を忍ばせ、乳首に触れた。俺が半年かけて念入りに開発したそこは、母乳など出ないにもかかわらず、吸ってとねだるように勃起している。

赤みが強くなった先端に触れると、つんと、さらにとがって主張した。

このまま唾液を味わっていたい欲もあれば、胸に顔をうずめて乳首を吸いたい欲もあった。

どちらも選べずにキスを続けながら、潤のシャツを肩から落とす。

「……ん、ぅ、ぁ……！」

「く、ふ……っ」

「――ン、ゥ」

顔を斜めに向けて、より深く舌を絡ませた。

両手を使い、乳首をつまむ。

コリコリした突起の先に、指の腹をすべらせてはこね、円を描くように押したり、つまんで引いたり、緩急をつけて乳首をいじりつくす。

「あ、ぁ……ッ」

潤が全身を大きくふるわせたため、キスが途切れた。

お互いの唇をつなぐ粘質な糸が伸び、午後の陽射《ひざ》しを受けていやらしく光る。

「潤……ッ」

「や、ぁ……ま、待って……胸は……」

ダメ――といいたげな唇から、甘いチョコレートの吐息が漏れた。

もう一度キスをして唾液を味わいたかったが、乳首をまともに見てしまうと、そちらを吸いたい欲求が抑えきれなくなる。

「く、ぁ……あ……！」

右胸の乳首を指でつまみながら左のほうに食いつくと、潤の指が俺の髪に絡む。

がしりと頭を引き寄せられた。

口では待てだのなんだのといいながらも、感じると止まらないのが潤のいいところだ。

ただ、なんとなく違和感があった。いつもとなにか違う気がする。

ふと妙なことに気づいた。

白いはずの潤の胸が、やけに赤い。

いつもなら肌と乳首が白とピンクの美しいコントラストを描いているのに、今はなぜか……

くまなくすべてがピンク色だ。

「──潤？」

顔を上げると、潤の両目がとろんとしていた。

快感によるものとは違う恍惚《こうこつ》に揺れている。

俺を見つめつつも、微妙に焦点が合っていなかった。

なにより顔まで赤くなっている。

おそらくこれは、酒による反応だ。

「可畏、ごめーん……アルコール、ちょっと多かったかなぁ、なんか……気持ちいいのらよ。

可畏とエッチ……したいのらけろ……んー、ちょっと今、無理ねぇ」

「おい……大丈夫か？　呂律《ろれつ》回ってねえぞ。慈雨や倖みたいなしゃべり方に……」

「うーん……もう、らめ……ねむねむらぁ」

「ねむねむか、えらく可愛いじゃねえか」

いきなりフラーッと倒れた潤は、俺の腕の中で眠ってしまう。

乳首は変わらずとがり続け、可愛く誘ってくるが……誘われてる場合じゃなかった。

とりあえず起こして水を飲ませ、気分が悪くないようなら寝かせて——それから俺はなにをすればいいだろう。

まずは食べかけのケーキを平らげよう。残りのケーキには専用カバーをかけて、慈雨や倖が起きたらミルクを飲ませなければ……。

ベビーシッター代わりは大勢いるが、今日はこの空間に誰も入れたくなかった。

「潤……いったんちょっと起きろ。寝るのは水を飲んでからだ」

「——んー……おみじゅ？」

「そう、水だ。子供が三人になったみたいで、今日の俺は大変だぞ」

「アハハ、パパだパパー」

「なんのプレイだ」

眠そうな顔をしながらも、ほろ酔いで御機嫌な潤をキッチンまで連れていき、水をたっぷり飲ませ、口を拭ってやる。

これでバレンタインの御返しが済むとは思ってないが、せめて今日は一日、イクメン並みにいろいろしてやりたかった。

夢のような現実の重みを腕に感じながら、潤を寝室まで運ぶ。

くっついて寝ている慈雨と倖の横に寝かせた。

「……ん、可畏……ありがと……」

川の字に戻った三人の姿を見つめながら、「ありがとう」と小声で返す。

あまりストレートにいうのは今でも照れるが、いつも思っている。

「お前には、もらってばかりだな」

ありがとう——と、潤にも慈雨にも倖にも伝えたい気持ちを、決して忘れない。

幸せが怖くなくなるくらい、もっともっと強くなって、俺は俺の家族を守りたいと思った。

ヘルメット竜を飼いならせ

ほんの半年前まで、可畏《かい》様のハレムの真のナンバー1と呼ばれていた僕——草食恐竜コリトサウルス竜人、通称二号の幸成兜《ゆきなりかぶと》は、今日も紙おむつを取り替えている。

「はーい、お尻サーラッサラにしましたからね。もう気持ち悪くないですよぉ」

淡いピンク色の桃尻にベビーパウダーをはたくと、倖《こう》様は「サーァ、サー?」と、僕の言葉を真似《まね》て御機嫌な様子を見せる。その横では先におむつを取り替えた慈雨《じう》様が、「おっ、しっ、りぃ」と、口を大きく開けて上手に発音していた。

可畏様の大事なお子様だと思うと、お世話をするのは少しも嫌じゃないけれど、産んだのが一号さん——人間かつ男の沢木潤《さわきじゅん》だと思うと、眉がピクピクする感覚はある。

元々、可畏様のハレムではひとりだけ名前で呼ばれる愛妾《あいしょう》がいて、二号の僕は常にその下だった。一号に昇格したことは一度もない。

可畏様は僕の本名が幸成だとわかっていても、それが苗字《みょうじ》だってことまではたぶん頭にないだろう。そんな薄い関係だったけど、短期間で次々と入れ替わる一号と比べたら、万年二号の僕は実質的なナンバー1も同然だった。

太くても短い縁しか持っていない人より、細く長く縁のある僕のほうが正妻っぽいし、群を抜く容姿と、努力によって徹底的に清めた最上の血を持つ僕は、完璧で最高だ。

しかも、殴られても蹴られてもわりと平気で、まあまあ早く回復する体を持っている。

僕には、可畏様の一番のお気に入りという自負があった。

ところが現在の一号さんが現れてから、狂暴だった可畏様はすっかり飼いならされてしまい、一号さんのことを大勢いる愛妾の中の一番とかじゃなく、唯一無二の正妻みたいに……まるで王妃様かなにかのように大事に大事に、それはもう腹立つくらい大事にあつかっている。

そんなわけで、一号さんが別格だってことは竜人社会に十分知れ渡っていたのに、それでは飽き足らない可畏様は、一号さんの立場をよりハッキリさせることを決めた。

芸能活動をさけていた一号さんを説得して、竜嵜《りゅうざき》グループの新事業の広告塔にするとかで、こうなってしまうともう、僕が真のナンバー1だなんて思う人は誰もいない。

それどころか、便宜上は二号と呼ばれながらも、すでに二号ですらなくなっている。

これから先、可畏様に抱かれる機会があるとは思えないし……現在では、食料としての血を提供するだけの生餌《いきえ》にすぎなかった。

残念だけど、それが現実。事実を正確にとらえ、自分に求められているものがなにかを理解し、需要に応える努力をしないと、すべて失うことになってしまう。

「おむつ交換ありがとう。うわ、オシッコだけなのにすごい量だな……これで一回分？」

可畏様の最愛の人――一号さんは、ラグにひざをついて汚れたおむつを確認する。

一号さんは誰が見ても明らかな美形で、いつも光り輝くオーラを放っていた。

身長は一七五センチくらいあって、スラッとしたモデル体型だ。

べっこう飴《あめ》みたいな色の髪と目、やわらかそうな白い肌と桃色の唇……僕だって相当ビジュアルはいいはずなのに、どうしたって敵《かな》わない。

「それでオシッコ一回分。慈雨様はよく飲んでたっぷり出すから」

「うん、そうみたいだな。今日もほんとありがと。ユキナリが率先していろいろやってくれるから助かるよ。けど無理しなくていいからな。授業、ほんとに受けなくていいのか？」

「べつに平気だし無理はしてないけど『二号さんが手伝ってくれるおかげで授業も受けられてすごく助かる』って、可畏様に伝えるの忘れないでね」

「もちろん伝えてるよ。子供が産まれてから、ユキナリの印象はすごくよくなってると思う」

「ほんとに？　あまりそう感じないけど」

「そういうの露骨に出すタイプじゃないだろ？」

一号さんは両手を広げ、新しいおむつをつけた慈雨様と倖様を抱っこする。

おふたりとも超絶に可愛いので、両手にキュートなお花ちゃんって感じだった。

「マーマ」「マーマ」と抱きつかれた一号さんは、重そうにしながらも笑っている。

僕がどれだけお世話をしても、遊んであげても、一号さんの顔を見た途端に僕のことなんか眼中になくなるあたり……おふたりとも可畏様にそっくりだ。

「マーマ、シー……シーでゆお」

「あ、またシー出るの？　おむつ新しくした途端にするね」

慈雨様は一号さんの腕につかまりながら、半分立った姿勢で止まる。

おむつに少量オシッコサインが浮かび上がると、一号さんはそんなことすらうれしそうに、

「シー出たね。ちゃんとお知らせできて、慈雨はお利口さんだ」とほめていた。

「おむつに出してくれてよかったよ。水槽の中でしてるんじゃないかと思うと心配で」

「多少はしてるんじゃない？　お魚が気の毒……」

「やっぱ泳ぎながらもしてるのかな」

一号さんは、苦笑しつつ慈雨様を寝かせる。今度は自分でおむつを取り替えた。

日ごとに手際がよくなり、最初のころのぎごちなさが取れてスマートな動きになっている。

三号さんたちと一緒に人形を使った秘密の特訓を行い、さらに家庭科の教師に習って技術を習得した僕と、ほぼ変わらないくらいまで上達していた。

同じ男で、元はただの人間のくせに、なんで可畏様の子供を産むんだよって、妬ましくなるときもあるにはあるけど、この人が色んな意味で普通じゃないことを、僕はよく知っている。

なにより、可畏様を変えた人だ。

可畏様が一号さんを本気で殺そうとして部下に殺害を命じ……それをメチャクチャ後悔して真っ青になっていた夜のことを、僕は昨日のことのようにハッキリと憶《おぼ》えている。

あの日を境に、可畏様は大きく変わった。

大事なものを、ちゃんと大事にする人になった。

そうやって主《あるじ》が変化した以上、僕も変わらなければならなくて――。

「一号さん、竜人の親切には必ず下心があるんだからね。僕が今日、三号さんたちを出し抜いてひとりでお世話してるのだって、自分が目立つためだし」

「下心って……存在価値をアピールして、可畏に必要とされること？」

「そうだよ。僕は見返りなしにはなにもやらないから」

べつに偽悪的に振る舞っているわけじゃなく、これは本当のことだ。

なにしろ僕は草食竜人だから、竜泉《りゅうせん》学院を卒業したら世間に放たれ、誰に食われても文句はいえなくなる。ただし、肉食竜人の所有物であれば守ってもらえる。

そのためには食べたら終わりの餌じゃなく、それなりに役立つ存在にならなきゃいけない。

生餌として長く生き続けるためには、なるべく強い肉食竜人に囲われる必要があった。

「子供の面倒を見てくれなくたって、可畏はユキナリの価値を認めてるし、俺も……ちゃんと仲間だと思ってるよ」

「――仲間？」

「うん。ユキナリだけじゃなく生徒会のみんなを……可畏を支える仲間だと思ってる。チーム可畏みたいな感じだな。まあ……昔のことが全然気にならないってわけじゃないけど、なんだかんだいってもユキナリは可畏にとって必要な人だから」

あくまでも餌としてだけどね――とはいわれていないものの、その自覚はある。

今の自分が、可畏様のエネルギー源でしかないことはわかっていた。でもそれだけじゃ将来的に不安定で、見通しが悪くて、僕はより有益な存在であろうとしている。

可畏様の雑用係だとか、お子様方のお世話係だとか……そうやって地味にポイントを稼いで価値を高め、生きていくしかない立場だ。

「チーム可畏様か……悪くないね」

「実際そうだろ？」

可畏様の血を引く双子《ふたご》の赤ちゃんを抱いている一号さんの発言は、間違いなく上からのものなんだけど……その美しさと優しさに、僕は立ち向かう気力すら奪われる。

この人でなければ、可畏様を変えることはできなかった。

この人だからこそ、可畏様に家族を与えられた。

それだけじゃなくて、もしかしてもしかすると――沢木潤が現れなかった場合、僕は今でも可畏様の実質ナンバー1でいられたわけじゃなく……逆に、暴君竜らしい暴君だった可畏様に見限られて、すでに骨になっていたかもしれない。

元より僕の立場は不安定なもので、今のほうがずっと、先の見通しがいいくらいだ。

「――一号さん、いざというときは僕を守ってよね」

そういうと、一号さんはキョトンと可愛い顔をする。

「いざというときって？　俺、相変わらず戦闘能力は低いよ」

「そうじゃなくて……鋭い爪や牙がない分、おねだり上手でしょ」

僕が唇をとがらせていうと、一号さんは僕のいわんとしていることがわかってたみたいに、うんうんと黙ってうなずく。

それを真似して、慈雨様も倖様もうんうんとうなずいた。

親子そろって可愛くて、憎みたくても憎みきれない。

「あ……可畏様、お帰りなさいませ」

大事な家族のもとに、僕の主が戻ってくる。

可畏様はまず一号さんを見て、それから双子ちゃんに視線を向けた。

「可畏、早かったな。お昼もう食べたんだ？」

「慈雨、倖、ふたりがかりで潤にしがみつくな」

ティラノサウルス・レックスの影を背負い、圧倒的な強さを持つ僕の竜王──可畏様が手を伸ばすと、双子ちゃんは「パーパ！」「パーパ！」と大よろこびで可畏様の腕に飛びついた。

「潤の細首が折れたら大変だろ。手加減しろ」

子供たちにいい聞かせる可畏様の表情は、とても穏やかに見える。

大事なものをしっかりと両手に抱き、大切な人と見つめ合って生きている可畏様は、ただの暴君だったときよりも遥《はる》かに魅力的だ。

「慈雨も倅も、だんだん加減がわかってきたみたいなんだ。可畏に飛びつくときは今みたいに力いっぱい行くけど、俺には一瞬力を抜いてから来てる感じがする」

「俺の子だけあって相手を見極める能力が高いんだな。加減ができるのは優秀な証拠だ」

誇らしげに笑う可畏様は、かつてのカッコよさとはだいぶ違う親馬鹿ぶりで、暴君竜らしくなくて――でも、そんな可畏様に幻滅できない自分がいる。

おそらく僕は、今の子煩悩な可畏様が、以前の可畏様よりも好きなんだ。

「今もオシッコする前にちゃんと『シーでる』っていってね。慈雨のほうなんだけど、これからするよって申告してくれたんだ。ほんと偉いよな。あ、その前にもたくさんオシッコしてて、ユキナリが授業休んでおむつを取り替えてくれたんだ。朝から子守もしてくれて……」

「ああ、いい子だ。お前たちは本当にかしこいな」

一号さんの言葉の後半を可畏様はスルーしていたけど、すこぶる頭のよい可畏様の脳内には、僕が稼いだポイントがピコンピコンと音を立てながら積み上げられている気がした。

確約はなくても、今はなんとなく安心していられる。

ここが、僕の居場所。これからもチーム可畏様の一員でいられるように――僕は僕なりに、自分を高めて生きていく。

リトロナクスの双子

深夜零時――修理中の超大型客船はシチリア島を離れ、少しずつ南下していく。

本来はまだ動かしてはならない船の甲板で、かつて双竜王と呼ばれた双子の竜人の片割れ、ルチアーノ・ヴィスコンティは兄と対峙《たいじ》していた。

ともに見事な金髪と翠眼《すいがん》の持ち主で、鏡に映したようにそっくりな双子だ。違いは髪の長さくらいしかない。今は全裸だが、兄のファウストは紳士的な服装を好むため、髪はルチアーノよりも短く、完璧なスタイルに整えられている。

「ルチアーノ、今夜こそ必ず一つになろう」

「そうだね兄さん、絶対に成功させよう」

シチリア近辺とはいえ、一月の海をなでる風は冷たい。

ルチアーノは一刻も早く兄と身を重ねて、暖を取りたくてたまらなかった。

ギリシア彫刻のような兄の顔を見つめながら、体を寄せ合い、足が触れる前に背を向ける。

後ろから密着してくるファウストの肌は、まるで自分の肌のように感じられた。

ぴんと伸ばした手足を重ねるときも、なんの違和感もなく一つになれる。

「血液透析と輸血をくり返し、やれるだけのことはやった。もしこれでダメなら……私たちは終わりだ」

「兄さん……絶対に大丈夫だよ。あんなに頑張ったんだ。僕たちの血と体は以前と同じように同一のものになってる。また一つになって、双竜王として復活するんだ」

体の一部が癒着した結合双生児として生まれたふたりは、長年の努力の末に、他者が得られない能力を得た。

同じものを同じだけ食し、同じ相手を抱き、同じだけ体を鍛えて、一体にして頭が二つある巨大リトロナクスに融合変容できるようになったのだ。

そうして世界最大の双頭恐竜として欧州の大半を手に入れたまではよかったが、世界征服の足がかりとして戦いを挑んだアジアの竜王——ティラノサウルス・レックス竜人、竜嵜可畏《りゅうざきかい》に敗れるや否や、支配地域を奪われ、可畏の実父によって死ぬよりつらい罰を受けた。

「ルチアーノ、お前と一つに」

「兄さん、僕たちは一つだ。絶対に、世界最大最強の姿になれる。この願いは必ず叶《かな》う」

ルチアーノは自身と兄に暗示をかけるように唱えながら、変容を開始する。

竜人は細胞に水分を含んで恐竜化するため、甲板に立つふたりに向かって、大気中の空気が引き寄せられた。単体でもそれなりに大きい、超進化型リトロナクス・アルゲステスの竜人が二体同時に、それも密着しながら恐竜化すれば、竜巻に似た現象が起きる。

激しい渦の中心に立ち続けたルチアーノは、兄と一つになる感覚を思い起こした。

ほんの少し前までは……これと同じ方法で確かに一つになれたのだ。

ある程度の強さを持ちながらも暴君竜には力及ばず、王として君臨するのはむずかしい種の自分たちが、融合変容によって誰からもおそれられる双竜王になれることが誇らしかった。

二メートルにも満たない人間の体から一気にふくれ上がり、どんな恐竜よりも強大な生物になる快感。世界中でもっとも愛する自分と兄の体が一つの生命体に戻るよろこびに、雄叫《おたけ》びを上げずにはいられなかった。

「グアァァ――ッ！」

「ギアアア――ッ！」

ルチアーノの頭には、双竜王復活の図が浮かんでいた。

しかし現実は甘くない。融合変容は叶わず、快楽も雄叫びも妄想に終わる。

あまりに苦しく悲しい、うめき声を重ねるばかりだった。

半分は失敗による精神的な苦痛、残りは物理的な衝撃と痛みによるものだ。

融合できなくなった身で、距離を取らずに変容するのは無理がある。恐竜化した互いの体を強《したた》かに弾《はじ》き合い、コンクリートの壁にぶつかったような衝撃を受けた。

はね飛ばされた体が甲板に打ちつけられる。修繕中の甲板に新たな亀裂を入れながら、それぞれが船頭と船尾に向かってごろごろと転がる始末だった。

「オォ、グォ……ゥ」

「――ウ、ゥグッ」

一つになるはずが、瞬く間に離れ離れになる。

ふたりとも、下手をしたら船から落ちるところだった。

胸を強打したファウストも、背中を打ったルチアーノも、ともに恐竜の姿で血を吐く。

──兄さん！

甲板に這《は》いつくばる無様な深緑色の恐竜は、今の自分の姿だ。鏡などなくても、兄を見れば我が身の現実がわかり、身のほどを思い知らされる。

ティラノサウルス・レックスの竜嵜可畏よりも、二まわりは小さい凡庸なリトロナクス──ただ単に双子というだけで、それ以外のなにものでもない。まるで悪夢のようだ。

結合双生児として生まれたからといって簡単に融合変容できたわけではなく、たゆまぬ努力の末に成功させたのに、すべて水の泡になってしまった。

──ダメだった……あれほど血を浄化して、交換をくり返したのに……まったく同じ体に、戻れたと思ったのに……っ、これだけやっても一つになれない！

物理的な痛みもあるが、絶望による心の痛みと比べればさまつなものだった。

ふたりが誇る融合変容ができなくなったのは、暴君竜との戦いに敗れたあとに注射された、ほんのわずかな多種族の血液のせいだ。弟のルチアーノだけが余計な血を混入され、それまで完全に同じだったふたりの体に、目に見えない大きな差ができた。

細胞単位で同一だったからこそ融合変容できたふたりは、もう二度と一つになれない。

——本当に、もう無理なのか？　こんなに何度も試して、それでも無理で……。

科せられた罰はあまりにも重い。鳥が翼をもがれ、馬が脚を折られるように、双竜王になれない虚《むな》しい余生が伸《の》しかかってくる。

『——私たちは、終わりだ』

頭の中にファウストの声が届いた。

硬い表皮におおわれたリトロナクスの体で、彼はくずおれる。

竜人界の頂点に立つに相応《ふさわ》しい威厳を持ち、自信に満ちあふれ、華やかで頼り甲斐《がい》があった兄の変わり果てた姿に、ルチアーノは言葉を失った。

泣きたい気持ちは同じだったが、普段は感情をあらわにしない兄に泣かれてしまうと、泣きたくても泣けなかった。

融合変容ができなくなって一月が経過した。

ルチアーノは兄とともに、船から降りずに暮らしている。

一等船室に籠もって出てこないファウストに、扉の外から声をかける日々を送っていた。

一緒にすごすのが当たり前で離れたことなどなかったのに、もう二週間も顔を見ていない。

「兄さん、頼むから返事をしてくれ。感情とか今でも通じ合うものはあるけど、やっぱり声が聞きたいんだ」

兄のファウストよりも狂暴な性質を持つルチアーノは、ドアを蹴破りたい衝動を抑える。

人間でも竜人でも、打たれ弱いのは自信のある真面目なタイプのようで……何度朝が来ても船の修理が終わっても、ファウストがかかえる闇は晴れなかった。むしろ深まる一方に思えてならない。

「兄さん……本国から連絡が来てて、ドンが顔を出せっていってるんだ。いつまでも無視するわけにはいかないし、たまには外の空気を吸ったほうがいい」

ラフなスタイルで扉の前に立っていたルチアーノは、人型にしては強い力でノックする。

閉じ籠もっている兄は、百有余年の伝統を誇るイタリアマフィア——ヴィスコンティ・ファミリーの首領後継者で、暴君竜に負けた今もその地位は変わらない。現首領の祖父から謹慎を命じられた身ではあるが、呼びだしに応じれば状況が好転する可能性がある。

なによりルチアーノとしては、とにかく兄の顔が見たかった。

「兄さん、ドアを開けてくれ！」

鏡を覗けば兄と寸分変わらない顔をいつでも見られるが、それは自分でしかないことを今はよくわかっている。ひとりで引き籠もられ、最初のうちはしかたがないことだと理解して、さみしくても耐えていた。そのうち怒りやいらだちが頭をもたげたが、今はそれを通り越して胸がはち切れそうになっている。

心配で、とにかく会いたくて、触れたくて、日がな一日兄のことしか考えられなかった。

「兄さん……今はまだドンに会いたくないなら、僕はそれでもいいと思ってる。ただ、いくらなんでも僕にだけは顔を見せてくれ。もう二週間だよ、この二週間、一度も会ってない。もう無理だよ……っ、気が狂いそうだ！」

悲痛な声で訴えても、扉は無情なままだった。

執拗《しつよう》に叩いても反応はなく、気配を感じることしかできない。

弟という立場に甘えてきたルチアーノは、むずかしいことや面倒なことは全部兄に任せて、あらゆる面で兄を頼ってきた。しかし今、兄を支えられるのは自分しかいないと思っている。

それぞれの胸に空いた大きな穴を、どうあってもふさぎようがないと思えるほどの喪失感を、埋められる可能性を持つのは自分であり、兄なのだ。

他の誰かやなにかで満たされることは決してない。ともに分かち合う兄弟がいてこそ、互いの存在が成り立つ。現に今の自分は、ただ生きているというだけで、生き残ったことに意味もよろこびも見いだせなかった。

「――ッ、ゥ！」

扉の前でブーツのかかとを床に打ちつけたルチアーノは、右の首筋に鋭い痛みを感じる。

いきなり襲いかかった衝撃になにが起きたのかわからず、警戒して周囲を見回した。

首に怪我《けが》をしたと感じ、咄嗟《とっさ》に手を患部に持っていくが、特になんの変化もない。

手に血が付着することはなく、すでに痛みは取れていた。
――これは……もしかして、兄さんの痛みか？
一卵性双生児として、自分のものではない痛みを感じたことは過去にもあった。
今の現象もそれかと疑った途端に、嗅覚が反応する。
――血のにおい！
兄が籠もる船室の扉から漏れてきたのは、確かに血のにおいだった。
あまり好みではない種のにおい――肉食竜人にとって、栄養にならない血のにおいだ。
「兄さん！」
生きた空もなく扉を蹴破り、船室に飛び込む。
まずはひかえの間があり、その先には居間があった。
奥に進むほどにおいが強くなるものの、ファウストの姿はない。
「兄さん！　なにやってるんだ！」
寝室からつながるバスルームに、血まみれの兄の姿を見つける。
二週間ぶりの彼は自分とは大違いで、明らかな差がつくほどやせていた。
全身を小刻みにふるわせ、真っ青な顔をしながら日本刀を手にうずくまっている。
「兄さん！　やめろ！」
うかつに手を出せないルチアーノの目前で、ファウストは虚《うつ》ろな目で首を切り続けた。

自らの命を絶つために使っているのは、暴君竜を捕らえる拘束具を作るための研究材料として、日本から取り寄せた刀だ。

それを右の首筋から喉に向けて食い込ませ、いくらかのためらいを見せながらも刻一刻と死に向かう。すでに大きく開いた傷口から、おびただしい血が噴きだしていた。

「やめろ　やめろっていってんだろ！」

「——ルチアーノ……」

「兄さん、兄さん！」

下手に触れたら傷が深まりそうで手を出せない。

普段の自分にはない慎重さをフル稼働して兄の手を止め、おそるおそる刀を取り上げた。

手が届かない場所に放り投げると、即座にバスローブをつかんで兄の体を包み込む。

ぱっくりと開いている首の傷に手のひらを当て、強く圧迫することで止血した。

指の間から、最初はぴゅーぴゅーと、続いてじわじわと血があふれてくる。

だが焦る必要はない。こうしていればいずれふさがるのはわかっている。

竜嵜可畏の驚異的な回復力や再生速度と比べてはいけないが、兄も十分に優れた竜人だ。

手のひらを打つように噴きだしていた血の勢いは衰え、体は回復に向かっている。

「兄さん、なんだってこんな真似を……ッ」

わずかの間に、長距離を全力疾走したかのように体力を奪われ、ゼイゼイと息が上がった。

今にも心臓が破れそうだ。

まともに呼吸ができず、兄を抱きしめることでなんとか心拍数を正常に戻していく。

「兄さん、答えてくれ。どうしてなんだ？　僕がいるのに、なぜこんなことを」

「ルチアーノ……理由なんて、いうまでもない。お前は……誰よりもわかるはずだ。頼むから、このまま死なせてくれ。首を斬り落とせば、それで終わる……呆気《あっけ》ない命だ。私は脆弱《ぜいじゃく》で……凡庸で、つまらない竜人だからな」

「兄さん、僕には全然わからないよ。今初めて兄さんの気持ちがわからなくなった、理解できなくなった。僕は兄さんを置いて死ぬなんて絶対できない。それなのに兄さんは違うんだね。兄さんをこんなにも必要としている僕を置いて、ひとりで死ぬ気だなんて」

頼りない兄の体をさすりながら、胸をこがすほどの熱を感じる。まぶたもひどく熱い。

暴君竜に負けて海に落ちたときも、惨めに引き上げられたときも、悪夢のような注射を打たれたときも、死ぬよりつらいと思ったけれど、兄を失ってはいなかった。

だから今日まで生きてこられたのだ。

もしも兄の命が消えたらと思うと、生まれて初めて真の絶望が見えてくる。

「生き恥を……さらすだけの人生に、幕を、閉じたい。お前と一つになれず、竜嵜可畏の下で生きるくらいなら、いっそ死んでしまったほうがいい」

「兄さん、一つになれなくて悲しいのは僕だって同じだっ。僕がこれまで自由に生きてこられたのは……兄さんがいたからだ。あの素晴らしい双竜王になれないことを死ぬより嫌だと思ったし、今だってつらい。こんな思いをするならいっそ殺されたかったと思ったりもした。けど、違う。やっぱり命があってよかったんだよ。身も心も傷ついてはいるけど、兄さんはちゃんと生きてる。僕の前に……兄さんの体が、生きて存在するのがうれしい。この事実がある以上、今はどん底じゃないよ。兄さんだってそうだろう？　僕が生きてる世界は最悪じゃないだろ？お互いさえいれば、他はもう、大したことないって思えない？」

「……ルチアーノ」

紫色を帯びた唇から、切ない声で名を呼ばれる。

エメラルドの双眸《そうぼう》がうるみ、二筋の涙をこぼした。

ああ、なんて美しい人だろう――そう思わずにはいられなかった。

これまではナルシシズムでもあったけれど、今は違う。

やせて弱り、憐《あわ》れにすら見える兄を、心から愛しいと思った。命を懸けて守りたいものなどこの世に一つしかない。兄だけが、自分にとって価値あるものだ。

「兄さん……双頭恐竜になるのは無理でも、僕たちが息の合う双子であることは変わらないし、それに、こうなったからこそ別の愛し方もできる」

「……ァ」

傷がふさがったのを見計らい、兄の唇をふさぐ。

兄弟でキスをするのは日常茶飯事だったが、ひとりの女や男を同時に抱くことはあっても、ふたりだけで性行為に及ぶことはなかった。

性に目覚めたころに少しまさぐり合ったくらいで、それ以降は常に第三者をはさんできた。そういう意味で一つになりたいと願ったことは数えきれないほどある。

しかし役割が男女のように分かれたら、完全同一ではなくなるのは目に見えていた。融合変容ができなくなる危険性を考えると、あきらめるしかない欲望だったのだ。

「ルチアーノ……なんてキスをするんだ」

遊びでは済まない性的なキスをすると、ファウストは困惑した様子を見せる。

クリスチャン・ドレイクによって別人にされたふたりには、これまでとは違うことがいくつも起きていた。その違いは細胞や見た目の差に留《とど》まらず、かつてはなにもいわなくとも自然に理解し合えたことが、今は半分くらいわからない。

ファウストはルチアーノの思考を読めずに戸惑い、ルチアーノもまた、自分の欲望が確実に受け入れられる自信はなかった。もしかしたら拒絶されるかもしれないと緊張する気持ちは、自分たちの間にはなかったものだ。

「僕は兄さんを愛してる。だから兄さんと抱き合いたい。どんな形でも一つになりたいんだ」

「……ル……ッ」

言葉で伝える必要性を感じて、ハッキリと告げてから兄の唇をふさぐ。

いくらか軽くなっている体をひょいと抱き上げ、さらに深いキスを求めた。

色も悪く、かさかさと乾いてしまった唇を崩して吸って、舌をしゃぶり、唾液をすする。

「ン、ゥ……！」

「ク……フ、ッ」

首から飛び散った血が口内にあったのか、それとも喉が切れて血が中まで回っていたのか、その唾液はとても血なまぐさく感じられた。養分にはならない血は、決してうまくはない。けれども兄が生きている証《あかし》だと思うと、それだけでどんな血よりも愛しかった。

「ン、ゥ……ァ」

兄をベッドまで運び、真っ赤に染まって重くなったバスローブを広げる。

かつては自分と同一だった体を、じっくりと見た。

二週間まともに食べずにやせていたが、元々筋骨隆々とした長軀《ちょうく》の持ち主だ。今でも極端に貧弱になったわけではない。肌の色はよくないものの、陰を帯びた色気が加わっている。

「兄さん……僕は……愛してるっていったけど、そんな陳腐な言葉じゃ表現できないくらい、兄さんを必要としてるんだ。兄さんがいない世界なんて考えられない。そこでは一秒も生きていたくないし、だから……今はどん底じゃないって思える」

冷えて粟立《あわだ》つ胸に触れながらささやく。

兄は声にならない声で、「それは私も同じだ」と答えてくれた。

「兄さん……」

そんなことをいうくせにひとりで逝こうとした兄が、少し憎くて……でも、なにをされても許せてしまう気持ちがある。

流血王と呼ばれる凶暴なリトロナクスの中でも、極めて残虐といわれてきたルチアーノは、兄に対してのみ寛容でいられた。

「……ァ、ルチ、ァーノ……ッ」

「――ン、ゥ」

兆し始めた性器に舌を這わせ、男としての兄をよろこばせる。

セックスの快楽や、あらがいがたい生理的反応が、生きる実感を兄に与えてくれるはずだ。

「……ッ、ア」

耳に届く嬌声《きょうせい》は切なく、快楽の裏の罪悪感をにおわせる。

兄弟でつながることに抵抗があるのかもしれなかったが、引かなかった。

一心不乱に口淫を続ける。自分はまだなにもされていないのに、される側の感触があった。

兄の快楽を、自分のことのように生々しく感じられる。

そうでなくとも知りつくした体だ。どこに触れられ、どう舐め上げられるのが好きか、どれくらいの強さで吸われたがっているか、考えるまでもなくわかる。

「ルチアーノ……ッ」

「――ン、ゥ……グ」

威圧感のある性器に苦戦しながらも、自分が感じるよろこびを信じて突き進む。

ひりつく口角や制圧される喉の痛みはあったが、耐えられないことはなにもなかった。

「兄さん……ッ」

唇を寄せながら服を脱ぎ捨て、天を仰ぐ性器に一際熱いキスをする。

舐めて吸ってをくり返し、名残惜しく顔を引いた。

兄の体を跨《また》ぎ、ひざで立って腰を浮かせる。

先走りや唾液で濡《ぬ》れた指で、自分の後ろをほぐした。

「ルチアーノ……なにもそこまで……」

「いいんだよ、僕はべつにどっちでもいいんだから。兄さんともう一度一つになれるなら……なんだっていい」

男として兄に自信を取り戻してほしくて、受け入れる立場を選んだ。

そんな屈辱的な立場に回ったことはないが、気持ちの抵抗がなければどうにでもなる。

兄が相手なら屈辱だとも思わない。言葉通りどちらでもよかった。

「――ッ、ぁ、兄さん……ッ」

ベッドに仰向けに寝ている兄の上で、腰を沈める。

狭く熱い肉筒に、性器を呑《の》み込まれる刺激と快感が伝わってきた。

これは兄の快感だ。迎え入れる側の自分の快感は別にある。

――なんか出血してるし……ヌルヌルして痛いような、気持ち悪い感じと、気持ちいいのが、混ざり合ってる。

未通だった肉孔を、硬いものでズプズプとうがたれた。

兄と一つになるよろこびに背中がふるえる。

融合変容とは比べられないが、これまで経験したどんなセックスよりも深く、肉体と精神のつながりを感じられた。

人間的な表現を使うなら、まさに愛を確かめ合う行為だ。誰よりも貴方《あなた》を想い、必要とし、愛していると――言葉よりも強い力で伝えるために、こうしてつながっている。

「ハ……ッ、ァ……兄さん……っ！」

「ルチアーノ……ッ」

枕に乱れるブロンドや、艶めく兄の顔を見下ろしながら、腰を前後させる。

体の奥のやけにいいところに雁首《かりくび》が当たると、意識が白く発光しそうだった。

眼下にある兄の表情が変化するのがわかる。

血の気が戻る肌、光を弾く瞳、生きるために必要な力がみなぎって、その雄は凶暴なまでに硬度を増した。

「兄さん、ァ……ァ」

「――ッ、ゥ……！」

長めのブロンドを揺らし、ルチアーノは絶えず腰を振る。

兄とともに絶頂に向けて駆け上がった。

ふたりしかいない空間で、他者を媒介せずに体をつなげ、完全に一つになる。

「……ハ、ァ……ッ！」

「――ッ、ゥ」

粘膜をこすり合わせ、兄の精を深いところで受け止めた。

自分も兄の胸に射精し、上体を沈めて唇を求める。

体内では熱いたかぶりがドクドクと脈打ち、肉食竜人らしい生命力を轟《とどろ》かせていた。

「ルチアーノ……ッ」

つながったまま抱き寄せられると、まぶたが熱くなる。

こうされたかったのだと、改めて思った。

ぬめる肌の上に突っ伏して、つながったまま兄の体を抱き返す。

ぎゅっと抱いて、「兄さん、兄さん」と、馬鹿の一つ覚えのようにくり返すと、兄もまた、「ルチアーノ……」と何度も呼んで、頼もしい手のひらで頭をなでてくれた。

船室にあるベッドルームの窓から、まばゆい光が射し込む。どうやら朝を迎えたようだ。

丸く切り取られた光を受けて、のっそりと枕から頭を起こす。

「……兄さん?」

すぐさま兄の姿を求めるが、ベッドルームには影も形もなかった。

——あ、よかった……ちゃんと生きてる。

居間の方に、リトロナクスの影が薄っすらと見えた。

「兄さん、大丈夫?」

ガウンに袖を通し、居間へと移動する。

いくらか緊張しながら扉を開けると、清浄な光を受ける兄の……神々しいまでに美しい立ち姿が目に飛び込んできた。

兄が着ていたのは、以前と同じ三つぞろいのスーツだ。

お気に入りのイタリア人デザイナーの一点物で、かつてはぴたりと合っていたが、今は少しゆるく見える。

「兄さん……ッ」

それでもうれしくて、目がうるんでどうしようもなかった。

引き籠もるのにスーツは必要なく、上等な靴もダイヤの腕時計も要らない。そういうものを身につけるのは、再起の証拠だ。

「おはよう、ルチアーノ」

声まで違って聞こえて、ルチアーノはなにもいえずにうなずく。

朝の挨拶すら返せないほどのよろこびと興奮の中で、何度もうなずいた。

「ルチアーノ……私は双竜王であることにこだわりすぎて、大きな勘違いをしていた」

「勘違いって?」

「お前がいった通り、世界最大の双頭恐竜になれなくとも、私たちは誰よりも息の合う双子だ。そして、リトロナクスは流血王と名高い凶暴な恐竜。私は十分に大きく、強い」

「そうだよ、その通りだよ兄さん!」

「我々が余計なプライドを捨てて本気を出せば、暴君竜の脅威になることは間違いない。故に私は……可畏の下にもクリスチャン・ドレイクの下にもつかない」

「じゃあ、どうやって……」

自分たちは暴君竜の可畏に負けて、その父親のクリスチャンから取り返しのつかない制裁を受け、今に至っている。

兄弟が属するヴィスコンティ・ファミリーは、可畏と竜嵜グループに謝罪し、命乞いとして多額の賠償金や慰謝料を支払ったあげくに、欧州の支配地域を差しだした。

いまさら可畏に背くことが許されるわけもなく、再戦を挑んだところで、キメラ翼竜や海王スピノサウルスまで従える可畏と戦って勝つのは至難の業だ。

少なくとも正当な戦いであれば、勝ち目はない。

逆にいえば、正当ではなく、ファウストが口にした通りこだわりとプライドを捨てた場合は、状況次第で勝利を得られる可能性はある。

「――まずはドンに会いにいく。それからフヴォーストのエージェントと接触を試みる」

「フヴォースト？　伝説の皇帝竜が率いる……竜人組織？」

「過信せず冷静に現状を見極めた場合、誰につくのが得策なのか……答えは歴然としている。まともに戦って可畏に勝てるのは皇帝竜のみ。あちら側につけば、機会は巡ってくる」

「可畏より上の奴《やつ》について、さらにプライドを捨てて、可畏をぶっ倒す気なんだな？」

「そういうことだ」

兄の目に生気が宿り、ぎらぎらと輝きだす。

兄も自分もとびきり美しい容姿に恵まれたが、それとは裏腹に、竜王級の種ではないことは事実だ。最初からそうなのだから、過程や手段を選ぶ必要はない。

プライドを振りかざして負けるのはもうこりごりだ。

卑怯《ひきょう》上等。どんな手を使おうと、最後に勝てばそれでいい。

「わかったよ、兄さん。なんだか世界が明るく見えてきた」

「朝だからな」

「うん、朝だね」

「――夜は、もう明けたんだ」

ようやく笑みを取り戻した兄が、両手を広げる。

恐竜としては一つになれなくとも、やはり心は一つだ。

お互いがどうしたいのか明確に分かり合えるときが、ふたたびやって来た。

「ルチアーノ、お前のおかげだ」

兄の抱擁を嚙《か》みしめながら、ルチアーノもほほ笑む。

恋よりも愛よりも強い絆《きずな》の先に、鮮血に彩られた明日が見えた。

暴君竜と初恋の香り

試合終了のホイッスルを鳴らすために、審判が息を吸い込む。

二点差で負けている状況で、沢木潤《さわきじゅん》はスリーポイントシュートを打とうとしていた。

入れば逆転勝ち。外しても打たなくても、もたもたしていても負け——まるで漫画みたいな展開だと思ったが、幸か不幸かこのタイミングでボールを手にしてしまった以上、腹をくくって打つしかない。

中学一年の春にバスケットボール部に入部して、約四年半——数万回は打ったスリーポイントシュートだ。身長が足りない分、ゴール際のシュートよりも力を入れて練習してきた。

——よし、入った！

敵に妨害される前に放ったボールが、イメージ通りの弧を描く。

シュートが決まる前にガッツポーズを決める度胸はなかったが、数秒先の未来が予知できるかのように、ハッキリとわかった。これは絶対に入ると、手足の感覚が訴えてくる。

その確信は当たり、ボールはリングに当たらずネットに触れた。

見事なスウィッシュが決まると同時に、審判がホイッスルを吹き鳴らす。

これまでの地道な努力が、もっとも目立つ形で実を結んだ瞬間、体育館が歓声に揺れた。

——ああ……やっぱ、最高に気持ちいい！

ジューン、ジューン、ジューン——と、息の合った声でコールされ、たたえられる。

強豪校というわけではない、中堅レベルの都立高校同士の練習試合にすぎなかったが、体育館の見学席は人で埋めつくされていた。相手校に遠征しているアウェー状態にもかかわらず、横断幕の大半は潤の名を掲げている。

「潤ッ、お前！　ここでノータッチゴールとか、マジかよ！」

「神ってんな、沢木！　たまには外していいんだぞ！」

「わ、おい……飛びつくなって、つぶれるッ」

長身のチームメイトに取り囲まれると、たちまちフラッシュの光を浴びた。

この程度の試合は見向きもしないバスケットボール専門誌のカメラマンが来ているのは、世知辛い事情があるからだ。潤の写真を大きく載せればＳＮＳで話題になり、普段は雑誌を買わない層が動いて売りきれ続出になる現象が起きていた。

「沢木くん！　今から外で何枚か撮らせてくれないかな⁉」

「いえ、すみませんけど、この前みたいなアイドルっぽいあつかいは困るんで」

「いや、違うよ！　今回は違うから！　逆転シュート決めたヒーローとして、頼むよ！」

笑顔の裏にある大人の事情を察しつつ、依頼を断る。

フラッシュなしの試合中の撮影や、試合前後の撮影は学校が許可してしまうので断れないが、個人的に頼まれた場合は断る自由があった。

「潤様、相変わらずすさまじい人気だな。こっからどうやって帰るんだよ」

「ほんと、近場なだけに今日は多いぜ。出待ちファンに尾行されたら連れて歩くのかよ」

「大丈夫、今日は友だち三人来てくれてるから。タクシーで隣の駅まで移動して、そこから電車乗ることになってるんだ。近いから千円以内で済むし」

「さ、さすが潤様……高校生のくせにタクシーで追っかけから逃げるとか、完全に伝説級」

「いや、だから千円以内だって」

好き好んで余計な金を使うわけではないのに、茶化されるのは嫌だった。適当に誤魔化せばよかった……と悔やみつつ、歓声とフラッシュを浴びて体育館をあとにする。

更衣室に続く廊下を歩いている最中も、潤コールはまだ続いていた。

持てはやされるのもしかたのない話で、潤はこの界隈《かいわい》では有名な一般人アイドルだ。アメリカ人の祖父の血を強く受け継ぎ、白い肌と、飴《あめ》色のブロンドと琥珀《こはく》色の目を持つ潤は、誰もが振り返らずにはいられない美貌に恵まれている。

大手芸能事務所のスカウトマンが、潤を口説き落とそうと朝から自宅前に待機しているのは周知の事実で、デビューを阻止したい熱烈なファンと衝突することもあった。

潤自身は見た目ほど派手なタイプではなく、目立つのを嫌い、必要以上に持ち上げられたり騒がれたりするのをよしとしなかったが、決めるべきところで見事に決めたシュートにチームメイトがよろこび、会場が沸けば、やはりうれしく誇らしい気分になれる。

「都立寺尾台《てらおだい》高校、二年の……沢木潤くん、今ちょっといいですか？」

指定された更衣室で着替えを終えると、それを見計らったように対戦相手が訪ねてくる。

身長一七五センチの自分と比べて、拳一つ分か、それよりやや大きい選手だった。

ただし細身で色白のため威圧感はあまりなく、顔立ちもあっさりしている。

「はい」とだけ答え、緊張している男の様子に警戒した。秋にもかかわらず、むせ返る男臭い汗とメンズ系制汗スプレーのにおいが混ざり合う空間に、妙な緊張が走る。

チームメイトが全員そろっている状況なのであり得ないとは思ったが、告白されるときの空気に近いものを感じた。「つき合ってください」という台詞《せりふ》を聞かない日はほとんどないので、告白前の顔を見ただけで察しがつく。

「に、二年の……白田《しろた》です！　一目惚《ぼ》れしました！　お、俺とつき合ってください！」

予想通りというべきか、この場ではあり得ないと思っていたので予想外というべきか、男の言動に呆然《ぼうぜん》とした。

同性に告白されたことも相当数あるので、「俺、男なんですけど」などと野暮な台詞を返す気はないが、過去の経験上、同性は他者の目がないときに告白してくるものだった。

自分より体格のよい男に、誰もいない場所で迫られることに比べたら、仲間がたくさんいる今の状況のほうが安心だが、その一方で壮絶な気まずさがある。

「あの……申し訳ないんだけど、俺……ノーマルで、つき合ってる彼女いるから」

白田のような、周囲が見えなくなる猪突猛進タイプは怖いと判断し、「好きになってくれる気持ちはありがたいんだけど」という常套句《じょうとうく》は使わずに断る。

彼女とは別れたばかりだったが、嘘《うそ》をついてでも早くあきらめさせたかった。

地域のアイドル化しているせいで、ストーカーまがいのファンはすでに何人もいる。そこに自分より強そうな男が加わると考えると、ぞわっと身の毛がよだった。

「高望みだってわかってます！　でも好きで……友だちからでもいいんで、お願いします！」

「──え、あ……ちょっと……！」

唐突に右手首をつかまれ、白田の手の大きさにひるむ。

バスケをやっているせいか潤の手は体のわりに大きかったが、男の手はさらに大きく、指も長い。手首に一周半を越えるほど深く巻きついていた。

「おい！　なにやってんだ、潤を放せよ！　手首折れたらどうすんだよ！」

「うちの顧問どこ行ったんだ？　相手チームでもいいから、誰か呼んだほうがよくね？」

温度差を見せつつも、チームメイトが総じてざわつく。

うちふたりが白田を引きはがそうとしてくれたが、彼は手を放さなかった。

「友だちでいいんです！」と大声を張り上げながら、正気ではない目を向けてくる。

暴力沙汰は厳禁だと全員がわかっているうえに、強引に引きはがすと怪我《けが》をしかねないため、荒っぽいことは誰もできなかった。

凍りついた空気の中、言葉ばかりが行き交い、「マジで放せって」「お前、頭も目つきも相当ヤバいって」「こんなん嫌われるだけだぜ！」と、いらだった声が声量を増していく。

――なんなんだよ、この状況……無茶すると手首折られそうで振りきれないし、暴れて逆に怪我させたら大変だし、ああ……先生、頼むから早く来てくれ！

チームメイトのうちふたりが顧問を呼びにいったので、大人が来れば解決すると信じて待つものの、白田の力は次第に強くなる。骨がきしむ感覚があり、痛みで汗がにじみだした。

「おい、潤になにやってんだ！」

開きっ放しにされた扉の向こうから、突如どすの利いた声がする。

入ってきたのは顧問ではなく、同級生の森脇篤弘《もりわきあつひろ》だった。

身長こそ白田と大差ないものの、柔道部の主将を務める森脇は筋骨隆々としていて、肉体的重厚感がまるで違う。顔立ちも、日本人にしては彫りが深く凛々《りり》しい男前で、格闘技をやっている者特有のすごみがあった。

「さっさと放せ！　潤に手え出すとか身のほどわきまえろよ、このモヤシ野郎！」

地の底からひびくような低音ですごんだ森脇を前に、白田はびくつく。

同時に手指の力をゆるめたため、その隙をついて一気に肘を引いた。

「うわ……ッ」

「潤、大丈夫か⁉」

勢いをつけすぎてぐらりと揺らいだ体を、制服姿の森脇に抱き止められる。

大丈夫——と答えようにも、動揺のあまり言葉が出てこなかった。

心臓がバイクのエンジンのように、ドッドッと、激しい音を立てている。

結局、白田は森脇の迫力に負けて後ずさり、謝りもせずに一目散に逃げ去った。

相手チームの顧問から厳重注意をしてもらうということで話がつき、潤は予定通り、応援に来ていた森脇、田村《たむら》、芝《しば》の三人と帰路につく。

逆転勝利を決めた最高の気分を台なしにされたうえに、恐怖心や不快感が残っていたものの、休日に他校まで来てもらっている手前、なにも気にしていない振りをしながら歩いた。

「さっきのモヤシみたいな奴《やつ》、試合中も変だったよな。潤の近くでそわそわしてる感じで」

「白田って奴？　そういや変だったな。そわそわっつーか、カクカクしててさ」

潤の「気にしていない振り」を素直に信じたのか、田村と芝が白田の話題を蒸し返す。

更衣室での出来事が真っ先に浮かび、意図的に脳内のシーンを切りかえた。

芝が「カクカク」と表現した、試合中の白田の姿を思い浮かべる。

これまでは特になにも思わなかったが、確かに動きが硬かった。

「潤に惚れたからって試合中にさわる度胸はなかったんだろうな。緊張して遠慮して、だからあんなガチガチだったのかも」

大通りに沿う歩道を歩きながら、森脇がいう。

お調子者の芝がすかさず、「股間もガチガチだったんじゃね？」と、下ネタを振った。

今それはやめてくれよ——と思いつつも黙っていた潤に代わって、森脇が「おい、今それはやめろ」とたしなめてくれる。芝は「サーセン！」とオーバーに謝罪した。

「許してやるから反省しろ」

しかたないので苦笑を返し、またしても気にしていない振りを決め込む。

実際のところなれっこで、自分が性の対象にされがちなことは幼いころから察していた。いやらしい目で見られていたとしても、実害さえなければまあいいやと思うしかない。いちいち目くじらを立てていたら疲れるし、そういう目で見られないよう引きこもったり、ダサい恰好《かっこう》をしたりして、自分をねじ曲げる気はなかった。

「今にして思うと……試合の最後、あの位置から俺がシュートを打てたのは、白田のマークがヘボかったせいだよな。アイツがまともに動いてたらボールは回ってこなかっただろうし……たぶん、うちが負けてたよな」

気づきたくないことに気づいてしまい、夕陽《ゆうひ》のまぶしさに目を細める。

気づかないほうが幸せだったけれど、勘違いしたまま自分を過大評価するのは御免なので、真相に行き着いてよかったとも思う。

相手選手が下手だったわけではなく、偶然ミスをしたわけでもなく、一目惚れで思い通りに動けずヘマをしたなら、それはバスケの勝負とは異なる話だ。

「そんな凹《へこ》む必要ないと思うぜ。仮にアイツが潤に見惚《みと》れてヘボかったんだとしても、勝ちは勝ち。顔の綺麗《きれい》さもスタイルのよさも、お前の実力のうちだって」

「いや……それは違うだろ、そんなんバスケじゃないし」

　森脇の慰めにますます自分が惨めになる。ガッツポーズなどしなくて本当によかったと思い、試合後に得意げな顔になっていなかったかと不安になった。

　そんな顔を撮られて雑誌に掲載されたら、恥の上塗りもいいところだ。

「潤は真面目に考えすぎなんだよ。お前だって、身長一九〇センチくらいある相手を見たら、敵《かな》わないって思うだろ？　距離詰められたらどうしたって畏縮するよな？」

「それは、まあ……」

「俺の場合は柔道だけど、こわもてのおかげで実力以上に得してる自覚あるぜ。体格的にも強そうに見られるし、見た目だって勝敗を左右する要素の一つだろ？　ガタイのよさで試合前から相手をビビらせて得する奴もいれば、タッパあるせいでマークする気力を失《う》せさせる奴もいる。綺麗な顔で敵の動きをにぶらせるのが、禁じ手ってことは全然ないって」

「そう……かなぁ」

「森脇、すごい！　いいこといった！」

「ほんとそうだよ。腹チラとかしてわざとお色気攻撃したわけじゃないんだし、普通にしてて相手が調子狂ったならもうけもんじゃゃん。今日の勝利はジュンジュンの実力だって」

スポーツに於《お》いて、強そうに見えるビジュアルで得をするのと、美しさや色気で相手の心を乱すのとでは次元が違うと思ったが、ひとまず笑っておいた。

どうにもならないことで落ち込んでもしかたがないし、友人たちの気遣いはうれしい。

今日の試合で、自分が大活躍したなどと思わないこと、調子に乗らないことを肝に銘じれば、それで済む話だと思った。

「ところでタクシー見つからないな。ここ通る車ってすでに客乗せてんのばっかじゃん」

会話の途中も大通りを覗《のぞ》き込んで車をさがしていた芝は、お手上げのポーズを取る。

芝のいう通りで、タクシーに乗るのをあきらめたくなるほど空車が見つからなかった。

おそるおそる振り返ってみると、歩道に何十人もの女子中学生や女子高生、成人女性がひしめいている。明らかに通行の妨げになっていた。

「あ……なんかわかった。この先にホテルが出来たからだ。そこのエントランスまで行って、そっから乗ればいいんだよ」

森脇の言葉に田村と芝が「え、ラブホ?」と声をそろえ、森脇からにらみ下ろされる。

「竜寄《りゅうざき》グループ系列の新しいホテル。なんでもラブホにすんじゃねえ」

そういわれてみると、電車の中からバベルの塔のようなホテルが見えたな——と思いだした潤は、疑問をいだいて首をかしげた。

「ホテルの利用者じゃないのに、敷地内からタクシーに乗っていいのか?」

「平気平気。まあ、いいことじゃないけどしょうがねえし、ドアマンに正直に『タクシー乗りたいんですけど、並んでもいいですか？』って声かけりゃだいたい親切にしてくれるから」

「そっか、ホテルの人にちゃんと断ればいいんだな。森脇はそういうのなれてすごいよな。俺なんかタクシー乗るだけで緊張するのに」

「将来顧客になればいいんだよ。あんな高そうなホテル使えるかわかんねえけど、少なくともカフェくらいは使えんだろ」

森脇は謙遜していたが、実のところ彼には、国内外の一流ホテルに宿泊する機会がたびたびあった。彼の父親はモダン建築の巨匠で、地元で名の知れた建設会社の社長でもある。

年末年始はハワイに行き、父親を含む男四人でサーフィンに興じるのが恒例らしい。

母子家庭で母と妹しかいない潤からすると、気の合う同性が複数いるというあたりがうらやましかった。外では見知らぬ異性に追い回され、帰宅すればおしゃべりな母と妹のマシンガントークにつき合わされている。

どうせなら男子校に……全寮制の学校に行けばよかった――と思うことがときどきあった。そうすれば通学中に尾行されたり勝手に写真を撮られたりしなくて済むし、スカウトマンに追われることもない。

お坊ちゃま学校といわれ、学費がとんでもなく高いらしいので現実味はないものの……比較的近くに全寮制の男子校があるせいで、余計にそんなことを考えてしまった。

いわゆるイケメンや、可愛い系の男子が多いといわれているその学校の名は、竜泉《りゅうせん》学院――大学まである一貫教育校だ。もしそこに入れていたら、母と妹の相手は週末だけで済み、見ず知らずの人間との接触をさけてすごせただろう。想像するだけでホッとする。

――いや、待てよ……男子校だと今日みたいに男に迫られる機会が増えるのか？　しかも全寮制だと逃げ場がなくて危険だよな……大柄な奴に個室で襲われたら太刀打ちできない。女の子のほうが非力だし、いざとなったら走って逃げれば済むからまだマシか……。

モテすぎてつらいとグチるわけにはいかず、誰からも相手にされなくなったらそれはそれでさみしいと感じるのかもしれないが、何事にも限度がある。今の一割……いや、五パーセントくらいのモテ度だったらいいのに――などと思っていると、視界の端を黒い影が横切った。

「お、リムジンだ。すげえな……特別仕様のキャデラックか？」

テンションを上げる森脇に、田村と芝も「デカッ」「すっげえ！」と興奮する。

ホテルの敷地に入ろうとしている黒い車体は、おそろしく長いリムジンだった。

大統領でも乗っていそうなものものしさと迫力がある。

車体はやや高く、スモークのかかった窓が大きく取られていた。

実際はどうなのかわからないが、防弾仕様に違いないと思わせる雰囲気だ。

「ほんとにすごい車だな……リアルにああいうの乗ってる人が、日本にもいるんだ？」

潤も同じく、男子として当たり前に食いつく。見映えがよくめずらしい車に目をみはった。

毎年ハワイに行っている森脇は見慣れている様子だったが、「あんなデカいの、ハワイでも滅多に見ないぜ」と、少しばかり興奮している。

「日本は狭いし、行けるとこ限られるだろうな」

つぶやくと、リムジンがエントランスへのスロープに差しかかった。

こちらもちょうどホテルの敷地内に足を踏み入れたところだったので、だいぶ距離はあるものの、車両の動きを目で追うことができた。リムジンは巨大な噴水に沿ってまわり込みながら、ゆっくりとホテルの入り口に車体を寄せる。

「――どんな人が乗ってるんだろ？　まさか皇族とか？」

「いや、違うだろ。前後に護衛車みたいなの走ってないし、日本の皇族はあんな派手な車には乗らないと思うぜ」

口々にいいながら見ていると、リムジンが停車する。

出迎えをしているホテルの従業員の姿が、噴水の向こうに見えた。

西日を受けてまぶしすぎるほどきらめく水飛沫《しぶき》の先に、潤はじっと目をこらす。

車から出てくる人物の姿をとらえようとした。

おそらく、誰もが知っている有名人が出てくるのだと思った。

政治家や文化人、芸能人など……少なくともどこかで見たことがある人が乗っていると思い込んだのは、普通の高校生である自分にとって、それくらい特別な車だったからだ。

「……え？」と漏らした声が、友人らの声と重なる。

みんなで口をそろえて、「え？」といってしまう光景が目に飛び込んできた。

大きな噴水が邪魔して見えにくいものの、リムジンから降りてきたのは明らかに少年だ。

黒っぽいブレザーの胸には、特徴のある三本の牙とRの文字のエンブレムがついている。

全寮制男子校、竜泉学院の生徒に間違いない。

少年は一見すると中学生のようだったが、ネクタイから察するに高等部の生徒だ。

少年はひとりではなく、続いてもうひとり降りてきた。

どちらも茶髪の小顔で、可愛《かわい》らしく見える。

「竜泉の……高等部の制服だよな？」

竜泉学院が、裕福な家の子息が通うお坊ちゃま学校だと知ってはいても、有名人が現れると思い込んでいた頭はなかなか切りかえられなかった。自分たちと同じ年ごろの高校生が、リムジンで一流ホテルに乗りつけ、大人たちにうやうやしく迎えられている。

それだけでも十分衝撃なのに、まだ終わりではなかった。

リムジンから、三人目の生徒が降りてくる。

「う、わ……」

「デカい、な」

少年たちに続いて車から出てきたのは、おどろくほど体格のいい男だった。

身長は、まず間違いなく一九〇センチはあり、高さだけではなく厚みもある。

白田と違ってモヤシと表現されることは一生なさそうな体は、鉄骨製の骨や、極めて強靭《きょうじん》な筋肉で作り上げられているように見えた。後ろ姿だけでも妙な威圧感が漂っていて、ゲームに登場する鎧《よろい》をまとった軍神や剣士、ラスボスといった、特に強そうな印象を受ける。

距離と噴水、屈折する陽光のせいで顔がよく見えず、髪が黒く短いことと、鼻筋がまっすぐ通っていて高いということくらいしかわからなかったが、日本人に留《とど》まらないスケールの血が感じられた。バスケをやろうと柔道をやろうと、彼なら確実に敵を畏縮させるだろう。戦う気力を削ぐほど圧倒的な強さを感じさせる、独特な雰囲気の持ち主だ。

——主賓は、間違いなくあの人……。

長身の男が歩きだすと、ホテルの従業員は明らかにひるむ。

敬っているというよりは、おそれているように見えた。

余程の上客か、経営者の子息なのかもしれない。

車から先に降りた茶髪の少年ふたりは、長身の男の左右に陣取っていた。

三人とも竜泉学院高等部の制服を着ているが、仲のよい友だち三人組には見えない。

彼らの間にあるのは友情ではなく、上下関係に思えてしかたがなかった。

小柄で可愛い感じのふたりは、とりまきといった立場に見える。

「——なんか、見ちゃいけないもの見ちゃった気がする」

沈黙を破ったのは、いつも陽気な芝だった。続いて田村が、「……だな」と笑う。

長身の男と少年ふたりは、すでにホテルの中に消えていた。

いつの間にか息を詰めていたことに気づいた潤は、友人たちと顔を見合わせる。

誰もが同じだったが、特に森脇の表情に強い劣等感を見いだした。

おそらく、森脇には自身が恵まれた人間だという自覚があるからだ。

著名で裕福な親を持ち、背が高くスタイルも頭もいい。柔道はもちろん、なにをやっても人より優れていて、人望もあるハイスペックなハンサムだ。女子の人気もすこぶる高かった。

——森脇だって十分すごいけど、上には上がいる。経済的にも見た目的にも、とんでもなく恵まれた人が……実際いるんだ。

一般人とは比較にならない、選ばれし者が存在することはわかっていた。

それくらい当たり前に承知していたのに衝撃を受ける。

選ばれし者の生息地は、テレビやネットの向こうだったり、庶民に公開されることすらない別世界だったりするのが普通で、都市伝説に近いものだと思っていた。リアリティのない雲の上の人々の話、実体のない存在だったからこそ劣等感を抱かなくて済んだのだ。

——同じ高校生で……歳《とし》も同じか一つ違いで、しかもわりと近くの学校に……ああいう人が、いるんだ。実在しちゃうんだ。

裕福かどうかは、自分にとって大きな問題ではなかった。

ただ、もしもあんな体を持っていたら——と考えてしまう。

きっと空気を蹴って駆けるように跳び上がり、豪快なダンクシュートを決めて、強さのみで勝負できるだろう。バスケットボール専門誌の記者やカメラマンに、アイドルあつかいされて追いかけられたり、電車内で見知らぬ人に気安く写真を撮られたりすることもなく、同性に手首をつかまれて友人に助けられることもない。

あの彼なら、なにが起きても自分の力で対処できるはずだ。

——男の中の男って感じだったな。いくら多様性が認められて、男らしさとか女らしさとか決めつけるのがナンセンスになっても、やっぱり俺は……ああいう男っぽさにあこがれる。

リムジンの姿すらもうないのに、ホテルの入り口から目を離せなかった。

さっきの彼が気になって、中に入って追えるものなら追ってみたくなる。

「早く行こうぜ」と田村に声をかけられるまで、ぼうっと立ちつくしていた。

——そうだ……ホテルの人に頼んでタクシー乗り場に並ばせてもらって、早く帰らないと。

今のは……なにも見なかったことにしよう。俺は俺だし、くよくよ考えてもしかたないし……

俺も森脇も田村も芝も、自分が持って生まれたものを生かすしかないんだから。

人は人だと思ってもうらやましい気持ちが湧くのは止めようがなく、その思いに蓋をする。

同じ人間でも、歳が大して変わらなくても、近くの高校の生徒でも、所詮は他人の話だ。

比べて凹んでもいいことはなにもないので、綺麗さっぱり忘れることにした。

＊＊＊＊＊

中生代から脈々と受け継がれてきた、恐竜遺伝子を持つ竜人——中でも格別に優れた能力を持つ超進化型ティラノサウルス・レックス竜人、竜嵜可畏《かい》は、生餌《いきえ》の二号と三号を従えて自社グループのホテルを訪れた。

このホテルは一階から最上階まで、中央部分が吹きぬけの贅沢《ぜいたく》な構造になっている。ガラス張りの天井部からは、自然光がやわらかく降り注いでいた。

今時分は夕空の色を見て取ることができる。

中央部分には、エントランス前と同様に噴水が設置されていた。

斬新かつ芸術的な水の動きが、透明感のあるきららかな空間を演出している。

「可畏様、いかがでしょうか。この高さと広さなら屋内に於ける超大型恐竜の変容にかなうという計算のもとに、満を持して建設されたホテルです。すでに、ダスプレトサウルスの方々による実験はクリアしております」

事前の報告でわかりきっている支配人の言葉を受け、可畏は改めて空間を見渡す。

竜人は基本的に恐竜化を好み、それを必要とする生きものだ。その一方で、超進化によって大型化が進みすぎた種は、容易に変容できない不便さをかかえている。

そのため竜人専用の島を個人所有したり共有したりして、バカンスといった形で島に行き、そこで変容するのがお決まりだった。たまには恐竜の姿になって解放感を味わわないと、ストレスが溜《た》まって抑止力が衰え、人間生活に支障をきたすおそれがある。

「湿度は現在三〇程度だな。どこまで上げられる」

「はい、季節によりますが、閉館時であれば最高六〇パーセントまで上げることが可能です。天井の開放は不可能ですので、足りない分は噴水から供給できるようになっています」

「この空間で六〇じゃ、超大型にはきびしい。噴水から吸収するにしても変容途中で不足して破壊しかねない、ギリギリのところだな」

理論上は可能だと知りつつも、可畏は恐竜化を否定した。

目の前の噴水にはミスト機能が備わっているので、実際にやってみればどうにか変容できる気はしたが、きわどい状況での恐竜化を体が望んでいない感覚がある。

竜人は全身の細胞に水分を取り込むことで巨大化するため、超大型種の恐竜化には相当量の水分が必要だった。

開放された場所では空気中から一気に取り込めるが、こういった閉鎖空間で無理をすると、変容の途中で水分不足に陥って断念する破目になるか、水分を引き寄せる際の風圧で建造物を損傷させるおそれがある。

特に他を圧倒する変容速度を誇る可畏の場合は、すさまじい瞬間風速によって多くの物体を否応なく引き寄せる。下手をすればホテル中のガラスを割るにとどまらず、営業再開が困難になるほどの被害をもたらすだろう。

そんなリスクを冒してまで屋内で恐竜化する必要性は、まったく感じていなかった。

「それは大変残念です。やはり商業施設を恐竜化のために併用するのではなく、専門の施設を建てるしか手はないのでしょうか」

「それが手っ取り早いが、ヘリを飛ばせば島まで数時間だ。今のところはそれでいい」

「本当に残念で、力及ばず申し訳なく思います」

「我々としましては、都心で気軽に変容できる空間を皆様に御提供したかったのですが」

支配人とともに、ホテルマンや建設関係者がそろって頭を下げる。

一般客の目があったが、人として過剰なほど礼をつくしていた。

元よりこのホテルは竜人のために建てられたもので、超大型竜人の屋内での変容が可能なら、予定を組んで貸しきりにし、人間を排除することもできると経営サイドは考えていた。

もちろん、シーンに応じて外部からの視線を完全に遮断できる造りになっている。

しかし現在のところ、暴君竜――ティラノサウルス・レックス竜人である可畏も、同じ種の祖母も母親も、そこまで頻繁に恐竜化することを求めてはいなかった。

そもそもこんな狭苦しい場所で恐竜になったところで、欲求が満たされるわけではない。

下手をすればかえっていらだつ結果になるだろう。

変容すると暴君竜の凶暴な性質が表に出て、おとなしくしていられないからだ。

自分に至ってはビルの五階相当の体高がある。母親は体高は少し低いが重量は上で、ほんの少し暴れただけで悲惨な結果になるのは明らかだった。

「可畏様、ここがダメなら鬼子母島《きしも》に行きましょうよ。そのほうがのびのびできるし、あそこは秋でもポカポカ陽気ですよね。砂浜でビーチバレーしましょ」

コリトサウルス竜人の生餌二号が、しなを作りながら誘ってくる。

鬼子母島は竜嵜グループが所有する島で、沖縄《おきなわ》諸島に連なる無人島だ。

狩りや戦闘、破壊行為が禁じられている島ということもあり、肉食恐竜に襲われがちな草食恐竜の生餌に人気がある。安心してすごせるユートピアといっても過言ではなかった。

「恐竜化した俺の前でチョロチョロすると、バクリとやられちまうかもしれねえぞ」

「えーやだやだぁー、それは絶対嫌ですよぉ。可畏様の場合、狩り禁止を無視したってお咎めなしでしょうし、僕たちも安心してチョロチョロできませんね」

「その通りだ。安易に誘ってんじゃねえぞ」

「やんッ」

二号の頭を小突きながらも、薄い肩を抱き寄せる。第三者目線で「可愛がり」に見えるよう、外ではほどほどのあつかいを心がけていた。竜人専門教育機関の学院内では気の向くまま殴りつけることができるが、人間の目がある場所ではＤＶ的なことはしない。

竜人にとって真っ当な人間らしく振る舞うことは非常に重要で、有能さを誇示する行為でもあるからだ。人間社会で騒ぎを起こす者は、それだけで無能のレッテルを貼られ、竜人組織に暗殺される破目になる。大抵のことは許される有力竜人であっても、人間の前では人間らしく振る舞うのが必定だ。

「可畏様、当施設で恐竜化ができそうにないとわかったことは残念ではございますが、本日はプレジデンシャルスイートを御用意しております。水質にこだわったプールもございますので、ぜひおたのしみください」

支配人はエレベーターに誘導しようとしていたが、向かう気になれなかった。

二号が鬼子母島の名を出したことで、頭の中に島の光景が浮かんでいる。

それほど切実に恐竜化を必要としない身とはいえ、なるべくなら恐竜化したいのが本音だ。暴君竜として島を歩き回ることを想像すると、狭い空間に魅力を感じなかった。

スイートルームよりも島の大地、ホテルのプールよりも海がいいのは当たり前だ。

今から学院に戻ってヘリを飛ばせば、今夜と明日は恐竜の姿ですごせるだろう。制約が多く自由に暴れられない島ではあるが、恐竜化できるというだけで気分が上がった。

「おい、帰るぞ」

「……え？　可畏様、今夜はホテルで3Pするんじゃないんですか？」

「島ですりゃいいだろうが。学院に戻ったら四号五号も誘え、明日は存分にたのしめる」

「やーん、青姦《あおかん》できちゃう⁉　超たのしみぃ！　四号さんたちに連絡しときまーす。水着とか準備させないと。あ、でも……島に行ったら可畏様ずーっと恐竜のままずごしちゃいそう」

「そしたら僕たちとはエッチできないですねぇ、大きさが合いませんし」

「可畏様のアレ、余裕で六メートル超えちゃいますからぁ」

はしゃぐ二号と三号の肩を抱きながら、フロントに背を向ける。

ホテルの支配人を始めとする従業員たちが、慌ただしく追ってきた。

鬼子母島で生餌らと開放的なセックスをするかどうかは気分に任せるとして、今はとにかく恐竜化したい欲求が高まっている。

いかなる竜人にとっても、恐竜化は重要な抗ストレス活動の一つだが、種によって得られる感覚は違い、有力種であればあるほど恐竜化を好む傾向にあった。小さな人間の姿から、強く大きな恐竜の姿に変わることで自己を肯定し、自尊心を限界まで高めることができる。

自身を誇れることは、すなわち最高の快感だった。

「あー、四号さんたちより先に山内《やまうち》さんに連絡しなきゃでした。三号さん、急いで呼んでっ」

ホテルから一歩出たところで、二号が三号に命じる。運転手の山内には、「今夜はホテルに泊まる」といってあったので、今ごろリムジンは駐車場にあるだろう。

「可畏様ごめんなさい。ちょっとだけ待っててくださいね」

二号がそういった瞬間、ふと、あるにおいに気づいた。

エントランスの端に位置するタクシー乗り場から、穏やかな夕風が流れてくる。

一台のタクシーが走り去り、噴水のカーブに沿ってスロープを下りていくところだった。

風下のこちら側に向かって排気ガスの不快なにおいが流れてきたが、それに混じり、確かにそそられるにおいがする。

「若い雄のベジタリアンがいる」

「……え、ベジタリアン？　今のタクシーですか？」

「ああ、おそらくラクト・ベジタリアンだ。少し汗をかいてる」

タクシーは早々に大通りに出ていったが、鼻腔《びこう》をくすぐるにおいは残っていた。

肉食竜人は基本的には草食竜人の血肉を好む。人の姿でいるときは、彼らの血液と牛などの草食動物の肉を主食としているが、人間のベジタリアンの血肉も好んでいる。

贅沢をいうなら、完全な菜食主義であるヴィーガンが最適だが、乳製品を摂取するラクト・ベジタリアンの血も、健康で若ければ悪くなかった。

今嗅いだのは後者のタイプだ。

「可畏様には、草食竜人のうえにヴィーガンの僕がついてるじゃないですか」

「二号さんだけじゃありません。僕だって乳製品を我慢して、徹底的に血を清めてます」

「僕たち生餌は、可畏様のために日夜努力してるんですからねっ。ラクト・ベジタリアンの生臭い血なんかにそそられないでください」

「肌の綺麗そうな美人のにおいだった。乳製品で多少生臭かったとしても、美人フィルターでお前らの血よりうまく感じられるかもしれねえな」

「ひどいっ、僕はこんなに可愛いのに！　だいたい、体臭だけで顔の造作がわかるんですか？いくら可畏様でもわからないですよね？」

「これほどうまそうなにおいの奴が、不細工だったら嘘だろ」

「いいえ、きっと不細工です！」

根拠のないことをいい合っているうちに、仕事の早い山内が車を寄せてくる。

背後にずらりと並んだホテル関係者に見送られながら、可畏はキャデラックの特別仕様車に乗り込んだ。

——本当に美人かどうか、追いかけて確かめてえな……。

人間を愛妾《あいしょう》に加えるとなにかと面倒だが、あれくらい上等なにおいの持ち主でイメージ通りの美形なら、ハレムに加えてもいい気がしてくる。

支配下にある竜泉学院の寮には、性欲処理と血液補給のためのハレムがあり、その構成は以前から変わっていない。名前で呼んで同じ部屋で暮らす最上位の愛妾がひとりいて、その下に二号から十号までの生餌九人がひかえる十人態勢だった。

つい先日、愛妾を実母と長兄にさらわれて食べられてしまったため、今は空席になっている。

空席が長引くと、事実上のナンバー1に当たる二号が最上位の愛妾と判断され、母親や兄に横取りされる危険がある。二号に特別な感情をいだいてはいないが、生餌の中でも二号の血は味がよいため、今後も美味な血を摂《と》れる二号を……いわば金の卵を産めるガチョウを奪われ、ペロリと喰《く》われてしまうのは面白くない。

「可畏様……人間をさらって一号さんにしようなんて、思わないでくださいね」

「そうですよ。なんたって人間はもろいですし、僕たちと同じようにあつかったらすぐ死んじゃいます。殴り甲斐《がい》がなくてつまらないですよ」

「そうそう。大量に血を吸うわけにもいかないし、いなくなったら親とか警察が騒ぐから揉《も》み消さなきゃいけませんし、人間なんて面倒ばっかりです」

リムジンのロングシートに座った二号と三号は、「暴君竜の可畏様には草食竜人の僕たちが最適ですっ」と、口をそろえて力説した。

一号の不在が続けば、まずは二号に――そして二号が喰われた場合は三号に危険が及ぶのをわかっているのかいないのか……おそらくわかっていないのだろう。

新たな一号を迎えようとするたびに、ふたりともむきになって茶々を入れてくる。

血の味を気に入っているだけとはいえ少しは庇護《ひご》してやろうという気がこちらにあることも知らずに、実に愚かしい連中だ。草食竜人は超進化によって小型化し、肉食竜人に可愛がられる見た目になったが、頭の中身も軽くなるばかりだった。

「俺が一号を迎えるのが気に食わねえのか？」

「それは、まあ……僕だって、そろそろ一号に昇格したいなぁとかいう欲はありますからね。可畏様に名前で呼んでもらったり、同じ部屋ですごしたりしたいですから」

「べつに構わねえが、一号になれば長くて二ヵ月の命だ」

「――そ、それは……ッ」

「最短記録は二週間だったか？　自分だけは特別だと思うなよ。誰でも同じだ」

冷たく放った言葉に、車内の空気が凍りつく。

最上位の愛妾という立場に据え、番号ではなく名前を呼んで同じ部屋で暮らし、それなりに可愛がった相手を喰い殺されても、悲しみに暮れたことなどなかった。

罪の意識を感じて、自分を責めることもない。

もしかしたら、ひどいことをしているのかもしれない、悲しむべきことなのかもしれないと、疑問をいだくことは時折あったが――そういった疑問は、これまでに得た人間的知識の影響によって湧くのだと思っている。

人間離れした生物でありながら、人間らしく振る舞って社会に溶け込み、竜人の秘密を守り抜くことは絶対だった。幼いころからずっと、人間の常識や人間らしい食生活、人間の感情や言動について学んできた。

それによって自分本来の感情と、知識として得た感情の境目が曖昧になっていたのかもしれない。文献からコピーした偽の罪悪感に惑わされることがあったとしても、おかしくはない。

ただ単に学びすぎて混乱しただけのことだ。もしも本気で心を痛めていたら、それは凡人の証《あかし》になる。竜人ですらない、そこらに転がっている普通の人間と同じになってしまう。

肉食恐竜の竜人は、地球上でもっとも優れた生物だ。特に自分は、その中でも最強とされるティラノサウルス・レックスの竜人として生を受けたのだから、自身を誇り、竜王らしく生きなければならない。

残酷さは強さだ。冷淡であることは美徳だ。

優しさは脆弱《ぜいじゃく》で、生ぬるい馴《な》れ合いは醜い。

——そうだ……馴れ合いもほどほどにするべきだ。近日中に新しい一号が決まらなければ、二号を昇格させる。いくらうまい血の持ち主とはいえ、特定の奴をダラダラ生かし続けるのは俺らしくねえ。ひとりに執着してると判断されれば……なめられる。

鬼子母島に着いたらなにをしようかと、三号と話し合っている二号の横顔を見ながら、雌のティラノサウルス・レックスに踏みつぶされるコリトサウルスの姿を想像する。

弱い草食恐竜が肉食恐竜にむさぼり喰われても、それは自然の摂理だ。

代わりはいくらでもいるのだし、なにも問題ないと思った。

そう思えてこそ、最強の竜王たる資格がある。

＊＊＊＊＊

季節は巡り、リムジンにはねられたのをきっかけに可畏と出会った潤は、竜泉学院高等部に転校し、数々の艱難辛苦《かんなんしんく》を乗り越えて平和な日々を送っていた。

愛の奇跡か運命のいたずらか、可畏との間に二つの卵が産まれ、どうにか孵化《ふか》させて九日が経《た》つ。おおむね順調にいってはいるものの……パワフルな竜人ベビーを育てながら体力不足を痛感し、久々にバスケットボールを手にする。

「オールコートを使ったスリー・オン・スリーで、可畏のチームは林田《はやしだ》さんと谷口《たにぐち》さん。俺のチームは辻《つじ》さんと佐木《さき》さん。マッチアップは……決めても意味なさそうだから適当に。細かいルールも無視していいんで、とりあえず血を見ない感じでお願いします」

「あの、すみません、通常はマッチアップを決めるものなんですか？」

「うん、マークする相手は決まってるのが普通かな。なんとなくでも決めておく？」

「いえ、お任せします」

「じゃあ、可畏の相手は俺。あとは自由で。通常だと一ピリオド十分で四ゲームやるんだけど、体力ヤバいんで……まずは流しで五分やってみて、回数はそれから決めてもいいかな？」

「潤様、ピリオドはわかりますが、流しの意味がわかりません」

「ああ、ごめん。ファウルとかあっても、時間を止めずに進行するってこと。審判とか時間を管理してくれる人がいないときは、そういう感じでゲームするんだ」

ジャージ姿の潤は辻らの質問に答え、立てた指の上でシュルシュルとボールを回転させる。

こうして誘いに乗ってもらえたのはうれしいが、ほとんど未経験者の集団に、絶対勝てないあたりがつらいところだった。

竜人の運動能力は人間よりも優れているため、潤以外の五人が本気を出したら、全員が超人的スピードで走り、ゴールより高い位置までジャンプして大量得点を狙えてしまう。

特に可畏のパワーは群を抜いているので、手加減しなければボールを破裂させたり、ダンクシュートとともにゴールを壊したりしてしまうだろう。

「なんだって俺がお前と敵対しなきゃならねえんだ？」

「チーム分けはなんとなくだよ。バッシュ履いてボールに触れて、運動不足を解消できるならそれでいいんだけど、ゲームっぽくしたほうがたのしいし」

体育館のバスケットコートの中央で、潤はボールを弾ませる。

冬の午後の静かな空間にひびき渡る音と、足元からひびく振動が好きだった。

手のひらを押すように吸いついてきては離れ、思い通りの軌道で正確に戻ってくるボールの感触を味わいつつ、センターラインの向こうの可畏と対峙《たいじ》する。

「あれだけ子供を追いかけてて、運動不足ってことはねえだろ。育児疲れで参ってたくせに、いきなりゲームなんかして平気なのか？」

「運動不足っていうより体力不足だな。子供たちのパワーについて行けるよう体力つけないと。

粉ミルクの好みもやっとわかって、ちゃんと飲んでくれるようになっただけで気分的にすごい楽になったから大丈夫。……で、運動するならやっぱりバスケがいいなって思って」

「つき合うのは構わねえが、何度もいってる通り手抜きになるぞ。本気は出せねえ」

「うん、わかってる。走らせてくれればそれでいいよ」

なんだかんだといいながらも協力してくれる可畏と、ヴェロキラプトル竜人の四人、そして卵から孵化してわずか数日で高速ハイハイをする赤ん坊を見ていてくれる翼竜リアムや、二号ユキナリを始めとする生餌らに感謝しながら、潤は五分間のゲームに臨《いど》む。

午後二時ぴったりに、自分がボールを持った状態から始まったが、対戦相手の可畏も林田も谷口も、さらには味方のふたりまで、明らかに距離を取っていた。

接触して怪我をさせることを、さけているのがわかる。

しかたがないのでそのままドリブルで進み、誰にも邪魔されずにシュートを放った。

——あ……いまさらだけど、フェアにやる方法あるじゃん……。

ボールが弧を描くのを見送りながら、竜人とバスケをたのしむ方法に気づく。

通常のゲームは無理だが、フリースローのみの対決をすればいいのだ。

それならコントロールが重視され、膂力《りょりょく》が優れていれば勝てるというものではなくなる。

現に球技大会でゲートボールをやったときは、みんなでルールを勉強するところから始めて、いい勝負ができたのだ。

「あ……ッ！」

確実に入るはずだったシュートが、横から現れた可畏にブロックされる。

跳躍力を人間レベルまで落としていたが、そもそも体格が素晴らしく、ＮＢＡでプレイするために生まれてきたかのような大きな手の持ち主だ。空を駆けて悠々とボールを奪う。

そのまま反対のゴールに向かうかと思いきや、同じチームの林田にパスを出した。

荒っぽいパスを上手く受け止めた林田は、「可畏様ありがとうございます！」と叫び、ドリブルしながら突っ走る。潤以外がボールを手にしたことで、全員が遠慮なく動きだした。

――いいな、こういう感じ。フリースロー対決も面白そうだけど、やっぱりこうやって……ボール追いかけて走りたかったんだよな。

林田が辻をかわして谷口にパスを出し、谷口がシュートを放つ。

ところがボードに接触して跳ね返り、そのタイミングに合わせて可畏が跳んだ。

長身を生かしてリバウンドを取ると、そのままドォォンとゴールに叩《たた》き込む。

「う、わ……ァ……」

目と耳で感じる衝撃に、ぶわりと血が騒いだ。

対抗心に火が点《つ》くというよりは、ただただたのしくて、テンションが急上昇する。

可畏がバスケをやったら恰好いいに決まっていると思っていたが、実物の破壊力は想像以上だった。こんなものを見せられたら、惚れ直さずにはいられない。

「潤、ぼーっとしてる暇はねえぞ」

「あ、うん……ありがとう、頑張る！」

ボールを持たせてくれた可畏とともに、潤は一気に走りだす。

人間としてあり得る範囲までパワーダウンさせた手抜きバスケであっても、惚れ込んだ男がダンクシュートを決める姿にときめいて、鼓動が高鳴る。

以前の自分なら、今よりも引いた立場で可畏のようになりたいと思い、彼の恵まれた肉体や能力にあこがれたのだろうが――今は、可畏は可畏として、その存在を誇りに思った。

自分が目指す相手ではなく、恋人として愛しくてたまらない。

キュンキュンときめいているうちにゲームは終わり、最終的に可畏チームの圧勝だった。

元より勝ち負けは関係なく、思っていたよりゲームらしいゲームができたことに満足する。

近いうちに真剣勝負のフリースロー対決もしてみたかったが、今日のところは、へとへとになるまで走って汗をかき、いいものを見られて爽快な気分だった。

「今日はつき合ってくれてありがとう。すごいたのしかった」

ボールの片づけを買って出た潤は、バスケ部の部室に足を踏み入れる。

ふたりきりになってから改めて礼をいうと、可畏は一瞬だけうれしそうな顔をした。

そのくせすぐに表情を固めて、さも興味がなさそうに「ああ」と答える。

子供たちを見ているときも大抵、あまりデレデレと笑わないようにしている可畏だったが、実のところ連戦連敗だった。それでもあきらめずに表情筋を駆使してあらがうのは、彼なりに保ちたいイメージがあるのだろう。

「子供たちがおとなしく寝てるときとか……タイミングが合ったらまた誘っていい？」

「ああ、いつでもつき合ってやる」

「ほんとに？　次はフリースロー対決とかどう？」

「それなら余裕で勝てると思ったら大間違いだぞ」

「そんなこといって、ボロ負けしてもすねるなよ」

フッと笑いながら、潤は使用したボールをみがく。

その間に、可畏はバスケットボール部の部室を見渡していた。

無駄なものがほとんどなく整頓されている空間は、それなりに広くて音がひびく。

「あと少し待ってて。部外者だし、ちゃんと綺麗にして返さないと」

「――この雑誌、お前が載ってるやつだな」

ボールをみがいていると、可畏が棚から雑誌を抜き取る。

パラパラとめくって見せてきたのは、バスケットボール専門誌の企画ページだった。

「あ、それ……え、なに……載ってること知ってたんだ？」

「身上調査の流れで見つけた。二号から献上されたものも含めて、お前が載ってる号はすべて五冊ずつ所持してる。貴重なコレクションだ」

「そんなことドヤ顔でいわれましても」

可畏が開いたページには、自分の名前と写真が掲載されている。

高二の秋の練習試合の終了間際に決めたスリーポイントシュートについて、華麗なフォームだと称賛され、恥ずかしいほど大袈裟に取り上げられていた。チームメイトに囲まれて笑みを浮かべている写真は、チームや自分の実力と比べてあまりにも大きすぎるあつかいだった。

「なんか、よみがえる黒歴史……このときから一年以上も経ったんだな」

ボールをかごに収めて雑誌を受け取り、まじまじと写真を見る。

一応購入して持っているはずなのに、ほとんど目にした記憶がなかった。

実力以上のあつかいだけでも嫌だったのに、他にも嫌なことがあったからだ。

写真の端に、自分を見つめている対戦相手がひとり写り込んでいた。

――これ、白田って奴だ。試合中なのに、俺のことを明らかにそういう目で見てるコイツが嫌でたまらなくて、ろくに読まずに母さんにあげたんだ。

チームメイトの目の前で告白されて手首をつかまれ、少々怖い思いをしたことも、友人の森脇に助けられた情けなさも、客寄せパンダとして雑誌に掲載されたことも、すべて黒歴史でしかない。今となっては遠い過去の話だが、やはり気持ちのいいものではなかった。

「可畏……ちょっと、俺の手首を握ってみて」

雑誌を棚に戻し、これまで知り合った誰の手よりも大きな可畏の手を見つめる。

下りていたジャージの袖をまくり、むきだしの右手首を差しだした。

「——こうか？」

なぜそんなことを、とは訊《き》かずに実行した可畏の手指を目で追う。

優に一周半は巻きつく手の大きさや、指の長さを確認した。

雑誌に写り込んでいた白田は、その名の通り肌も白いほうだったので、浅黒い可畏の手とは似ても似つかない。でも大きさだけならやや近いものがあった。

「このままの状態で、『好きです、俺とつき合ってください』っていってみて」

いたずらっぽく笑いながら頼むと、けげんな顔をされる。

「いったいなんの儀式だ？」

「以前、練習試合のあとに……相手チームの男に右手首をつかまれて告られたことがあるんだ。わりと背え高くて手も大きいし力も強かったから、ひやっとしたのを思いだした」

「——そいつの学校名と名前を教えろ。俺が踏みつぶして喰い殺してやる」

「ややや、そういうことじゃないって。ダメだからな、そういうの絶対なしで。俺はただ……可畏に同じこと、いってみてほしいだけ」

上目遣いでねだると、可畏は眉間に皺《しわ》を寄せた。

怒りのやり場がないといいたげだったが、つかんでいた手を口元に引き寄せる。

そうして手の甲に唇を押し当てたときにはもう、眉間の皺が消えていた。

知的な額と、秀麗とたたえるに相応しい眉、凜々しく真っ直ぐな鼻筋、冴《さ》えた白眼の中心に位置する黒い瞳──それぞれが奇跡のように美しく、悪魔的な美貌に惹《ひ》きつけられる。

──あ……なんだろう、今……なにか思いだしかけたような……。

格の違いを感じさせる可畏の姿に、脳が未知の刺激を受ける。

なにか忘れていることがあり、それが忘却の彼方《かなた》から戻りかけている気がしたが……可畏の唇が開くや否や、全神経をつかまれた。

「お前が好きだ。俺と、つき合ってくれ」

華麗な舞台の幕が上がったかのように、演技派になった可畏に告白される。

演技と本気の境界がわからないが、最高に贅沢な舞台や映画のワンシーンを観《み》ている気分になった。

本来ならすれ違うことさえない、別世界の超セレブ美男が……しかも基本的には俺様気質の恐竜の王が、真剣かつミステリアスな顔をして交際を申し込んできたのだ。

思いだしかけたなにかはどこかに行ってしまう。さほど重要なことではない気がした。

目の前の素晴らしい現実がなにより大切で、心奪われ、済んだことはどうでもよくなる。

「よ、よろこんで」

子まで生《な》した仲で、なにをいまさら──と思いつつも、真面目に答えた。

茶化せない空気と、茶化してはもったいないと思う気持ちに従い、可畏の手を見つめる。

とても大きく力強く、恐竜化した際は鋭い爪が伸びる凶器のような前肢になるのに、自分や子供たちにとっては頼もしい手だ。いつも温かくて、大好きな手だ。

「上手く上書きできたか?」

「メチャクチャときめきました」

笑って胸に飛び込むと、ぎゅっと抱きしめられる。

熱い抱擁を交わしながら、可畏の感触に染められていくのを感じた。

肌が幸せに満たされ、血が熱くなるようなこの感触を書き換えてもいいのは、可畏の他には子供たちだけだ。他の誰にもさわられたくないし、さわりたくないとつくづく思う。

「可畏……」

火照った顔を上げて見つめ合うと、キスをせずにはいられなくなった。

唇の表面を軽く重ねる程度でやめるつもりが、つい顔を斜めに向けてしまう。

「ん、ぅ……ふ……」

「——ッ、ン」

凹凸を埋めるように口づけて、互いの舌を深追いした。

子供たちが目覚める前に寮に戻らなければいけないのに、キスで火が点いてしまう。

「……ぁ、ダメ、だって……可畏……ッ」

「誘うような真似《まね》をするお前が悪い」

「や、でも……汗、かいてるし」

「お前の体液は漏れなくうまい」

「そうはいっても、子供たちが……」

起きる前に帰らなきゃ——といいかけた口をふさがれ、ジャージのファスナーを下ろされる。

上着と湿ったTシャツの間にすべり込む可畏の手が、胸の突起を的確にさぐり当てた。

生地越しに乳首をくりくりといじられると、腰がもの欲しげな反応をしてしまう。

子供たちが孵化してから多忙な日々が続いていたため、睡眠不足に加えて性的にも不足していた体は、いとも簡単に奮い立った。

「ん、ぅ……く」

可畏の愛撫《あいぶ》に溺れながら、黒髪に指を埋める。

子供の柔毛をさわりなれたせいか、可畏の髪が以前よりも硬く太く感じた。

唇も手指も、当たり前だがすべてがしっかりとしていて、包容力が感じられる。

キスをしながら一つ一つ確かめていくと、この上ない安心感を得ることができた。

——頼もしいって、こういう感じなんだろうな。

特殊な子供をふたりも持って、この先どうなるのかわからないことも多かったが、可畏と一緒なら心配要らないと思った。戦う術《すべ》を持たない人間の自分も、恐竜の影を持たずに生まれてきた子供たちも——可畏という最強無敵の大船に乗っている気持ちで堂々と生きればいい。

その信頼が可畏の支えになり、彼をより強くするだろう。

「あ……ッ、は……」

しみじみとしたこちらの想いとは関係なく、可畏の動作は進んでいく。

Tシャツを鎖骨に向けてめくり上げたかと思うと、左の乳首に吸いついてきた。

「や、ぁ……ッ！」

いきなり強く吸われ、性感帯のすべてが連動しているかのように腰がふるえる。

部室の床に立っているのがきつくなる足も腰も、ぐわりとつかまれた尻も含めて、体中が総毛立ちながらびくついた。

「……ゃ、なんで……そんな、強く……っ」

抗議してもさらに強く乳首を吸われ、兆した性器に体を押しつけられる。

可畏は乳首をいじるのが好きで、指で転がしたり舌先で舐《な》めたり、軽くかじったりするのは元々だが、以前は今ほど強く吸ってはいなかった。子供たちの影響なのか、近ごろは隙を見てチュウチュウと吸いついてくる。その吸い方には明確な目的が感じられた。

「可畏、そんなに、強く……吸ったら……ッ」

「――母乳が出そうか？」

「出ないよ！」

可畏の耳をつかみつつ、快感にのけ反る体を壁に寄せる。

やはり可畏の狙いはそれだったかと思うと、阻止せずにはいられなかった。

「おい、耳を引っ張るな。もげたらどうする」

「可畏の耳なら、もげても、すぐ……生えるだろ」

可畏の耳をぎゅうっと引っ張り続け、身をよじって抵抗する。

子供たちは卵生の竜人なので、どんなに母性が強くなっても母乳は出ない。

そのくせ子供たちも可畏も乳首を吸いたがるため、ただでさえ過敏なところがますます感じやすくなっていた。

「どこまで本気で期待してるのか知らないけど……いくら吸っても、俺の体からは母乳なんて出ないんだからな。あんまり吸うと、乳首もげるだろ……ッ」

「――それは困るな」

可畏は乳首の先に舌を当てながら、なまめかしい視線を送ってくる。

いつ見てもあらがえない瞳と、鮮血の色がちりばめられた虹彩にぞくりとした。

この目に射貫《いぬ》かれながら抱かれると、自分が自分ではない別の生きものになったような……

ひどく淫らな気分になることを、体がよく知っている。

「母乳は出ないけど……別のものが、出ちゃいそう」

「早いな」

笑った可畏の唇が、下腹部に向けて下りていく。

「そういや、このへんからうまそうなにおいがする」

「うまそうとかいうな、馬鹿……ッ」

ジャージのパンツに鼻先を埋められ、スンスンとにおいを嗅がれるのが恥ずかしい。

すでに下着の中が蒸れている感覚があり、先走りが染みだしているのがわかった。

ベジタリアンの体液を好む可畏は、冗談でもお世辞でもなく本当においしいと感じる体液のにおいを嗅いで、うっとりと酔った目をする。

「あ、ぁ……！」

下着を下ろされるなり腹を打たんばかりに飛びだした性器が、可畏の頬を打った。

ビタンッと音まで立て、透明な飛沫を散らす勢いを見て、可畏は満足げに目を細める。

チュ、チュ……と、甘く軽やかなのが余計にみだりがわしいリップ音を立てながら、雁首《かりくび》にキスをして、頬ずりまでしてきた。

「あ、ぁ……可畏……！」

「やけに元気だな。四ゲーム走りまくってヘロヘロとかいってたのは嘘だったのか？」

「や、ぁ……ふ、ぁ……」

「これが人間の疲れマラってやつか」

「そういうわけじゃ……なくて……あ、ま……待って、ここ……バスケ部の……」

「あとで掃除させるから遠慮するな。そもそも、この学院は俺のものだ」

「――けど……ん、ぅ……ッ」

そびえるたかぶりは自分が思う以上に硬くなり、湿っている。

頬ずりされるとサラサラとはいかず、可畏の頬との間に摩擦が生じた。

肉感的な唇の間から熱っぽい舌が伸びてきて、頬ずりと同時に裏筋を舐められる。

「可畏……ぁ、ん……ぅ」

壁に背中を当てて立っているような、可畏の手で尻をつかまれて浮かされているような……どちらともいえる体勢に持ち込まれ、黒い髪に指をうずめた。

部室が明るすぎて恥ずかしく、可畏を押しのけていったんやめさせたい気持ちと、このまま引き寄せ、もっと溺れたい気持ちの狭間《はざま》で揺れる。

「は……く、ぁ……！」

「――ッ、ン」

結局は引き寄せてしまい、熱い口内に根元まで呑《の》み込まれた。

上下の唇に強くはさまれながら、粘膜を駆使した口淫を受ける。

乳首を吸われるのも、性器を吸われるのも、ただ肌に触れられることすらも、可畏にされることすべてが気持ちよくて、しまいには恥ずかしげもなく片足立ちになる。

あげくにひざ裏をつかみ、自分から持ち上げてしまった。

「あ、ぁ……ッ」

卑猥《ひわい》な音を立てながら先走りを吸う可畏が、欲深い目で見つめてくる。

より栄養価が高い、濃厚な体液を欲しがる目は、獣染みてぎらついていた。

今にも噴き上がりそうな劣情を感じながら、潤はぐっと息を詰める。

あと少し、もう少し引き伸ばして、絶頂寸前の悦楽を味わっていたかった。

「あ、ふ……ん、ぅ」

浮かせた足にまとわりついていたジャージと下着を抜き取られ、より大胆に足を開かれる。

さらに深く食《は》まれながら、唾液にまみれた指で後孔をいじられた。

ここしばらく触れられていなかった孔に、つぷりと指が入ってくる。

「く、ぁ……ッ！」

いいところを突かれる前に達してしまいそうで、体の飢えを自覚した。もうそろそろここに可畏が欲しいころだったんだな——と思うと、体中の血が顔に集まりそうになる。

「ひゃ、ぁ……ッ」

壁に向けてのけ反っていた体が、びくんっと丸まった。

そうして逃げてしまった腰を、指と口で追い込まれる。

「ん、ぅ……や、も……ぅ、ッ」

可畏の背中が真下に見える状態で、ますます深く性器をくわえられた。

食べられてしまうかと思うほど深くしゃぶられ、体内の指を増やされる。

「ひ、あ……あ、ぁ……！」

可畏の太く長い指がうごめくせいで、自分の体をコントロールできなかった。

どんな体勢にあるのかも、四肢がどこを向いているのかもよくわからず、ただ反応のままに、びくびくとふるえて達してしまう。達《い》く、と申告する暇もなかった。達ったことに気づくのも遅れて、我に返ったときにはもう……可畏の喉に向けてドクドクと放っていた。

「は……ぁ、は……ぅ、ぁ……ッ」

男としてたぎる欲望を、熱い粘膜に向けて思うままに解き放つ。

それはたまらなく気持ちがよくて、漏らした息は荒々しく満足げなものになった。

でも、実際には満たされてなどいない。

ただ放つだけでは終われない欲望が、すでに頭をもたげている。

「可畏……ッ、ぁ……！」

後孔を突く可畏の指の動きが激しくなり、右足で立って左ひざをかかえ直した。

前屈《まえかが》みだった体を壁に預け、可畏を迎えやすい体勢を取る。

今この刹那、突っ張った下着の中でミシミシメキメキと音を立てんばかりに張り詰めている可畏の性器を想像すると、生唾を呑まずにいられなかった。立ったまま向かい合った姿勢で、まっすぐに入れてほしい。反り返る硬いもので中をゴリゴリ突かれることを期待するだけで、頭の中まで達ってしまいそうになる。

「挿《い》れるぞ」

「……うん」

「もっと力を抜け」

「――ッ」

腰を上げた可畏にうがたれる瞬間――可畏がはめていた腕時計が光り、ふるえだした。

ブーブーとブーイングに似た音を立てる時計の画面に、リアムの名が表示される。

可畏が強く舌を打つ。自分も「うあああぁ……」と、腹の底からうめいた。

子供たちが起きたらすぐに連絡して――と、リアムにいってあったのだ。

「いいところで、リアムからだ」

「うー……もう起きちゃったのか……ぐずってなきゃいいけど」

「慈《じ》雨《う》と倖《こう》に、空気を読むことを教えないといけねえな」

「まだ生後九日っていうか……孵化したばっかりなんで無茶いわないであげて」

可畏はジャージのポケットに入れていた携帯電話を取りだし、そちらを使ってメッセージを確認しようとする。

ロックを解除すると、潤が双子《ふたご》ベビーと三人で昼寝をしている寝顔写真の壁紙が表示され、そこにリアムからのメッセージが重なっていた。

『双子が目を覚ましたので、御機嫌なうちに戻ってきてください』

ぐずってはいないようだが、昼下がりの情事を強制終了せざるを得ない連絡だ。

リアムの名前を見た時点で覚悟していたとはいえ、ふたりそろって肩を落とす。

「しょうがないよな、迷惑かける前に帰らなきゃ」

「――なんつータイミングだ」

顔を見合わせながらため息をつくと、可畏の腕時計がふたたび振動した。

追加のメッセージが届いたのがわかり、ふたりで携帯の画面を覗き込む。

リアムが新たに送信してきたのは動画のデータで、静止状態のアイキャッチ画面に、双子の手や顔が映っていた。

「慈雨と倖の……動画のようだな」

「再生再生！」と潤が食いついた時にはもう、可畏の指が動いていた。

再生ボタンを押すと、むっちりとした手や顔が動きだす。

『リーア？』

『ムーム？』

カフェオレ色の肌に金髪碧眼《へきがん》の長男、慈雨と……色白に黒髪、琥珀《こはく》の目を持つ次男の倖が、カメラに向かって紅葉《もみじ》のような手を伸ばしている。

眼《め》は大きく見開かれていて、なにかを見て不思議に思っているのが伝わってきた。

「なにこれ、なにこれ……超可愛い！　リアムのこと呼んでるつもりなのかな⁉」

「おそらく奴が宙に浮いて俯瞰《ふかん》で撮ってるんだろう。普通に撮影できる構図じゃねえ」

「あ、そうだよな、ほぼ真上からだし！　さすが翼竜！　うあああぁ……きゅるるーんとした目とビックリ顔と、伸ばした手がヤバいんですけど！　うちの子マジ天使！」

「おい、すぐ戻るぞ。浮いてる竜人を初めて見た慈雨と倖の反応を、この目でしっかり見届けなきゃならねえ——親として」

「そうだよな、イチャイチャしてる場合じゃなかった！」

別の意味で興奮しだした可畏とともに、潤も興奮しながら身支度を整える。

そうしている間も、可畏は動画を食い入るように見ていた。

終わるや否や、当然のようにリピートする。

潤は下着を元に戻しつつ、可畏の姿をこっそりと盗み見た。

自由に愛し合えない状況はいささかつらいけれど、暴君竜らしい表情を作れずに、ゆるんだ頬を手で押さえるしかない可畏の姿が、愛しくてたまらない。

「——可畏と出会えて、ほんとによかった」

動画に夢中な可畏に告げると、おどろいた様子で目を丸くする。

その顔が倖のビックリ顔と重なって見えて、ますます愛しくなってしまった。

幼生竜と卒業式

私立竜泉《りゅうせん》学院、中高部卒業式——竜人の学び舎《や》にひとりまぎれ込んでいる潤《じゅん》は、式典を映すモニターの前で『仰げば尊し』を歌っていた。

他の卒業生と声を合わせてみるものの、聞いているのは慈《じ》雨《う》と倖《こう》とヴェロキラプトル竜人の四人、そしてユタラプトル竜人の五十村《いそむら》だけだ。

寮の部屋で歌っても意味はないが、そこは気持ちの問題だった。

卒業式に参加したという実感を得たかったので、恥ずかしがらずに歌い続ける。

同じ卒業生の辻《つじ》も途中から歌いだし、他の三人もそれに続いた。

かたわらでモニターを見ていた慈雨と倖も、「ふんふー、んーんー」と、適当に音を取って鼻歌で参加する。

モニターの向こうには、多くの生徒と教職員がいた。

中等部の生徒は全員が高等部に、高等部の生徒も大半が同じ敷地内にある大学に進むため、竜泉学院の卒業式は形ばかりのものだ。

保護者の出席は認められず、座席の多くが空いている。

教職員は壇上、生徒はホールの劇場用椅子に座っているが、卒業生代表の可畏《かい》の席だけは、最初から壇上に設けられていた。しかももっとも大きく豪勢な椅子だ。

服装はいつも通りで、胸に赤い花をつけていること以外は普段と変わらなかった。

みんなが歌っていても、可畏は決して歌わない。

潤はモニター越しに可畏の口元を注視し、内心「口パククらいしようよ」と思っていた。

とはいえ、陸棲《りくせい》竜人の長たる暴君竜――ティラノサウルス・レックス竜人の可畏にとって、尊ぶ師が学院内にいないことは承知している。

生徒会長や卒業生代表という立場でしかたなくそこにいるだけで、可畏の心はきっと、この部屋まで飛んでいるはずだ。クールな顔をしながらも胸のうちでは「潤や子供たちが心配だ、早く戻りたい」と思っている。

――なんか、人生って不思議だよな……運命的に可畏と出会ってこうしてるけど、あの日の朝、もしも同じ道を通らなかったら、俺たちの人生はまったく違うものになってたのかもしれない。芸能事務所のスカウトマンがマンションの入り口で待っていなければ、俺が塀を越えて裏道を通ることはなかった。大通りが渋滞していなければ、山内《やまうち》さんが可畏のリムジンで抜け道を通ることはなかった。俺たちは出会わず、可畏はトラウマを隠しながら暴君であり続けて、俺は竜人の存在を知らないまま、ちょっとだけ妙な力を持つ普通の人間として生きていて……転校することもなく、今ごろは春休みを満喫してたんだろうな。

疾《と》うに卒業式を終えた寺尾台《てらおだい》高校の同級生の顔を思い浮かべながら、運命の分かれ道の先にある今を見据える。

大型モニターを指さして、「いーのまる！」と叫ぶ慈雨や、それに対して「まーまるねっ」と返す倅がいる今こそが、辿《たど》り着いた最高の現実だ。

「日の丸のこと？」と訊《き》きながら、感極まって子供たちを抱き寄せる。

慈雨も倅もうれしそうに声をそろえて、「いーのまるよ！」と答えてくれた。

可愛《かわい》くていいにおいがしてむっちりとした感触に、目尻が下がりっ放しになる。

「日の丸より可畏に注目しようよ。ほら、パパが映ってるよ」

「ん、パーパらね！」

「パーパ、おはなちゅいてゆお」

「うん、赤いお花つけてるね。卒業生の印だよ。今日はみんなでおそろい」

胸につけた赤い花に触れながら、ヴェロキラプトル竜人らの胸にある同じ花を指さす。

子供たちは「おはなね」「おそろ！」といってよろこび、「ジーウのは？」「コーのは？」と訊いてきた。同じところにつけたいのか、ふたりとも胸に手のひらを当て、「こーこ、おはな、おはなっ」と求めてくる。

「ふたりが大きくなって、学校を卒業するときにつけてもらえるよ。そのころには、保護者の出席が許されてるといいな。やっぱりちゃんと見届けたい」

「御心配には及びません。可畏様が規約を変えてくださることでしょう」

これまでひかえていた五十村が、彼にしてはやわらかな表情で答えた。

今日は子供たちのボディーガードとして来校していて、学院のセキュリティシステムと向き合いつつ、慈雨や倖にも目を配ってくれている。

「そうですよね、可畏ならきっと変えますよね。仕事が忙しくても出席しそう」

「保護者としてではなく、理事として壇上にいらっしゃるかもしれませんね」

「あ、そっか……そのころには仕事の一つになってるんだ」

「そうでなくとも御子様方の卒業式には御出席されると思いますが」

潤と五十村の会話に、慈雨と倖が「そーぎょ？」「しぃーき？」と問いかけると、五十村は「卒業の前にまず入学があります。入学式というのに出るんですよ。そこでも胸に花をつけてもらえます」と説明する。

双子《ふたご》は「りゅーがく？」と声をそろえ、同じ方向に首をかしげた。

「留学じゃないよ、入学。ニューガク。留学しちゃったらさみしいよ」

潤は子供たちのやわらかな髪に頬を埋《うず》め、改めてモニターの向こうの可畏を見つめる。

肉眼で見るのとは違う魅力を感じて、単純に「カッコイイなぁ」と惚《ほ》れ惚《ぼ》れした。

世界中に自慢したいくらい、強くて雄々しくて、たまらなくセクシーな恋人だ。

可畏と出会ったことで、痛い目に遭ったことも死にかけたこともあったけれど、彼を好きになる前の気持ちは、もうほとんど思いだせなくなっていた。それくらい好きでいるのが当たり前になり、可畏と子供たちが自分の人生の多くを占めていることを痛感する。

——短い間なのに、言葉ではいい表せないくらい、濃い半年間だったな……。寺尾台にいた二年半だってそれなりにたのしかったし、バスケやってたころは充実してたはずなのに、可畏と出会ってからがあまりにも濃すぎて……それ以前のことがふんわりしてる。

可畏のことを最初から好きだったわけではなく、憎みきれないところがあると認めながらも、逃げたかった時期もあった。段階を経て少しずつ好きになり、執着心が生まれて離れがたくなって……信頼したり、しきれなかったり、そういう日々をくり返しながらここまで来た。

耐えて、頑張って、そして奇跡が起きて……人生最高の宝物に恵まれたのは、運命だけではないはずだ。可畏と自分が選択してきたことや、敵対した竜人たち、仲間と呼べる人たちがいるからこそ今がある。

——あ、やばい……なんか涙腺ぴくぴくしてきた。

なにか一つ選択が違っていたら、この子たちがいない世界にいたのかもしれない——そう思うと血の気が引くほど怖くなる。無事に子供たちと一緒に暮らせている今に心から感謝したり、もしもの世界を想像したりしているうちに様々な感情が混ざり合った。

慈雨と倖の体温やにおいを感じたくて、ぎゅっと抱きしめて存在を確かめる。

竜人の子供たちは丈夫で、強めに抱いてもびくともせずに、キャッキャとよろこんでいた。

「……う、わ……ほんとに泣けてきた」

濃密な高校生活の終わりや、今の幸せを意識すると、両目から一滴ずつ涙がこぼれる。

黙って泣くとかえって恥ずかしいので申告した結果、近くにいた辻と林田《はやしだ》が、信じられないものでも見るような目をした。

「あ、あの……大丈夫ですか？　潤様は、このまま進学するんですよね？」

「するよ、するし……だから誰と別れるわけでもないんだけど、なんか泣けてきた。なにしろいろいろあった高校生活だったから……特に後半」

「マーマ、いたーの？」

「なちゃらめよ、よしよしよ」

心配そうな慈雨と倖が、よじ登るようにして頭をなでてくる。

その小さな手の優しさに、今度は親として泣きそうになってしまった。

「ありがとう……大丈夫、どこも痛くないよ。あ、卒業生代表の答辞が始まるよ」

潤は涙を拭いて、子供たちと一緒に可畏の姿に見入る。

竜人の学校だからといってそれらしき発言はなく、人間の学校と変わらない内容だった。

にもかかわらず、可畏は式の空気を変えている。

暴君竜の特別な威圧感が、モニターやスピーカーを通してびりびりと伝わってきた。

普段は臆することがない子供たちもなにかを感じたらしく、真剣な顔で聞いている。

——卒業式なんて、やってもやらなくてもいいって可畏はいってたけど、その一方で今日を機に卒業したいものがあるともいってた。古い家族からの卒業。それは父親との縁切りという意味で……でも前向きに考えれば親離れだ。俺には切り捨てたいものはないけど、高校卒業を機に、母さんの息子ポジションだった自分から卒業して、もっとしっかり親になりたいと思う。甘えるのと頼るのは全然違うから……無理なものは無理だと認めて、誰かに頼る必要があるときは素直に頼る。でも、最初から甘えない。頑張る前からあきらめない。可畏の恋人として、慈雨や倖の親として……恥ずかしくない自分になりたい。

こういう場でよくありがちな、教職員や家族への感謝の言葉はないものの、送辞への謝意と今後の抱負を語った卒業生代表の答辞が終わり、式場は盛大な拍手に包まれる。

直立している五十村とヴェロキラプトル竜人四人とともに、潤もここから拍手を送った。子供たちも真似《まね》をして、「はうしゅー、パチパチ」「パーパ、かっちょーいよ！」と手を叩《たた》いている。その言葉通りパチパチと、手のひらを打つ音がしっかりと出ていた。

「拍手、上手だね。お手々いい音してるよ」

ほめると倖は照れたように笑ってすがりついてきて、慈雨は「ジーウ、じょーずよ！」と鼻高々に、両手を顔の前でバチンバチンと叩き合わせる。

「慈雨、ほどほどにしておこうね。あんまりやると手が真っ赤になるから」

「まっかーか？」

「うん、ほらもう赤くなってるし。おしまい」

慈雨の両手をつかんで引きはがしているうちに、卒業生の退場が始まっていた。

在校生の拍手を受けながら、可畏が率いる卒業生全員が講堂をあとにする。

「もうすぐ可畏が戻ってくるよ。『御卒業おめでとうございます』っていってみる？」

さすがに無理かなと思いつつ難易度の高い提案をすると、慈雨と倖は「ジーウ、ゆーよ！」「コーも、ゆーよ」と元気に返事をした。

潤は何度も「御卒業おめでとうございます」と、ゆっくり丁寧に発音して練習させる。

最初は上手《うま》くいえなかったふたりだが、根気よくくり返しているうちにめきめきと上達し、五十村や辻らが感心するほど、それらしく発音できるようになっていた。

「あ、可畏が帰ってきたよ。落ち着いてゆっくりでいいから、頑張ろうね」

卒業式が終わってものの数分もすると、可畏が寮の部屋に戻ってきた。

いつもの制服姿に赤い花をつけた可畏に、五十村たちはあえてなにも声をかけず、一礼だけして沈黙を貫く。

双子が台詞《せりふ》を忘れないよう、潤も黙って可畏を見上げた。

子供たちの背中をぽんと軽く押し、合図をする。

「パーパ、ごそごそ、ぎょーよ！」

「パーパ、ごそっとーおーます！」

練習の最後にはだいぶ上達していたはずの倖と慈雨は、ふんっと鼻を鳴らす。

堂々と両手を上げ、可畏に抱っこを求めた。

その顔は自信に満ちていて、本人たちとしては大満足の出来だったらしい。

「――慈雨、倖、ありがとう。潤も卒業生だから、同じことといってやろうな」

可畏は子供たちをまとめて抱き上げると、そのままこちらを向かせる。

よく聞き取れたな――と感心しつつ、潤は、卒業式を終えてここに戻ってきた可畏の表情にくぎづけになった。

新しい家族との未来を見据える可畏の笑顔は、これまでに見たこともないほど晴れやかで、生き生きと輝いていた。

暴君竜はミルクの香り

諸事情につき、数日ばかり主《あるじ》不在の竜人の島、ガーディアン・アイランド——ハワイ諸島の北側に位置するこの島で、俺は夢にまで見た時間をすごしている。

朝、目が覚めると……正真正銘、本物の、力強い黒のイメージを持つ可畏《かい》が隣に寝ていて、世界一キュートな双子天使と一緒に寝息を立てている。

すうすう、すやすや、すぴーすぴー、ときどきむにゃむにゃ……って感じで、これぞまさに俺が求めていた最高の目覚めだ。

——あまりにも最高すぎて疑っちゃうけど、これ、夢じゃないよな？　間違いなく現実で、可畏や子供たちのところに戻ってきたんだよな？　このあと氷の世界で目が覚めて、「はい残念、こっちが現実ですよ」なんてこと、絶対ないよな？

古典的だけど、頬をつねりたくなる。でもその行為に意味はなく、もしもこれが夢だとしたら、夢の世界でも痛みを感じるだろう。「ああよかった、現実だった」とぬかよろこびするだけの話だ。

痛みを感じたところで夢は夢。覚めて真実を知ったときの絶望は、より深いものになる。もう二度と、あんな思いはしたくない。

——大丈夫……つねらなくてもわかる。この温かい体は、間違いなく本物だ。

ぴと虫モードで可畏の背中にくっつくと、体温が移ってぬくぬくになる。

石鹸《せっけん》が肌本来のにおいと混ざって、いい感じになじんでいた。可畏のことをなにも知らない人が見たら、とびきりセクシーな香りの香水とかつけてそうって思うかもしれないけど、見た目のイメージと実物は全然違う。

雄っぽさはあるけど、可畏からはもっと自然なにおいがする。

——安心できる、いいにおい。あ、粉ミルクのにおいもする……子供たちにしがみつかれて、よだれをべちょっとつけられちゃって……すっかりパパのにおいになってる。

可畏のうなじや背中に鼻先を埋め、存分に吸い込んでから子供たちのにおいを嗅いだ。

慣れてしまうとなんてことなく思える日常が、どんなに尊いものか、いくら実感しても足りないくらいだ。なにもない平穏な日々が当たり前に続いたら……可畏や慈雨《じう》や倖《こう》と一緒にいられることのよろこびを、うっかり感じ損ねてしまうかもしれない。

それはそれで幸せな証拠だけど、やっぱり忘れちゃいけないと思う。

なんとなくじゃなくて一日一日を噛《か》みしめるように、大切に生きていかなきゃ——。

コテージのキッチンで朝食とミルクを作っていると、可畏の話し声が聞こえてきた。

子供たちを叱っているみたいだけど、まったく怖くない。

小言の内容は、「人の上に急に乗ったらダメだ。内臓がびっくりするだろ」だった。

「相手が強い竜人でもダメだ」といっていて、子供たちがなにをしたのか察しがつく。

慈雨と倖は目を覚ますなり親を起こそうとするし、寮と違ってここでは同じベッドを使っているので、たぶん可畏の上に乗ったんだと思う。

寮にいるときも、そういうことはときどきあった。

慈雨も倖も人間の俺には無茶なことをしないのに、強靭《きょうじん》な体を持つ可畏にならなにをしても大丈夫……と、安心しきって甘えているところがある。

俺と出会ってからしばらくは寝起きが悪かった可畏は、子供たちが騒ぐ声で起こされても、ベッドどころか体によじ登られても怒ったりしない。

「いたずらする悪い子には、こうだっ」とかいって、キスをしまくったりしている。

子供たちは、「チュッチュマンら！　チュッチュマンのこうげきら！」「コー、チュッチュッかえしゅの！」なんて大よろこびして……おかげで同じことをくり返している。

「おはよう、乗っかられて内臓やばかった？」

「ああ、破裂するかと思った。病院送りにされる前にきびしくしつけ直してたところだ」

え？　きびしいとは思えないし、可畏は首が飛んでも自力で治してたよな——とはいわない俺に、可畏は子供たちを抱きながら迫ってくる。

キッチンまで来て、「おはよう」というなり俺の口をふさいだ。

挨拶をした唇をすぐに隠すのは、まだまだ照れがあるからだ。

人前でキスをすることや、慈雨に「パーパ、チュッチュッマンちてるー」と茶化されるのはなんでもないのに、面と向かって挨拶をするのは今でも緊張するあたりが可愛い。

子供たちの教育上、ちゃんと手本になるよう意識しているのも偉いと思っている。

慈雨も倖も、「マーマ、おはよーじゃいます！」「おはよーざいます！」と、俺に挨拶して、いい子だなぁとしみじみ思った。

でも次の瞬間にはもう、「マーマ、もっと、もっとよ！」とダメ出しを食らう。

粉ミルクの分量に対するダメ出しだ。

「これでも少ない？　あんまり入れるとペーストになって、哺乳ビンじゃ飲めなくなるよ」

「らいじょーぶよ！　ジーウね、チューチューしゅるの！」

「うーん、それならもう離乳食いっちゃおうよ」

「やっ、ジーウはミーク！　りうーやーの！」

俺がいない間に可畏が試してくれたせいか、「離乳食」という言葉を理解している慈雨は、「りうーやーの！　ミークいーっぱい」と明確に拒絶した。

とにかく粉ミルクが好きで……でも人間の一歳児級で体重は約二倍の体を維持するためには以前の濃度じゃ足りなくて、濃くしろ濃くしろと求めてくる。

「コーもミーク！　あのね、おこーな？　こーな？　いーっぱい！」

「ん？　ああ、お粉？　うん、わかった、粉をいっぱい入れた濃いめがいいんだな。じゃあ、慈雨のも倖のもドロッドロに濃くするよ」

哺乳ビンの乳首はすでに穴の大きなものを使っているけど、ふたりが求めるのは飲みものというよりペーストだ。

いっそのことスプーンに切りかえたほうがいい気がした。

「よし、日本に戻ったら哺乳ビン断ちさせよう。器とスプーンを使って食べることに慣れたら、離乳食のハードルも下がりそうだし」

俺が宣言すると、可畏は「同じことを考えてた」と笑う。

子供たちをソファーまで連れていって、「朝食の前にまずは着替えだ」といいながら順番に着替えさせる。

生餌《いきえ》の三号さんたちから、「一号さんがいない間、可畏様は育児の大半を御自分の手でやっていらしたんですよ。天下の暴君竜としてあり得ません」といわれ、ユキナリからは「二度とさらわれないでよね、可畏様が一番大変なんだから」とかいわれて——もちろん全部事実として受け止めてはいたんだけど、こうして目にすると沁《し》みるものがあった。

慈雨のミルクを氷でシャカシャカ冷やしながら、可畏の声に耳を澄ませる。

やんちゃな慈雨をソファーに座らせ、まずは倖から着替えさせた可畏は、「倖、潤はどこも行かねえからよそ見すんな。ズボン上げるぞ。俺の肩につかまってろ」といっていた。

ソファーをトランポリン代わりにする慈雨には、「おいやめろ、ソファーが壊れんだろっ。ここは自分ちじゃねえんだ、おとなしく座ってろ」ときびしくいい聞かせる。

手際のいいお世話としつけに、なんだかもう感動が止まらない。

可畏は元々器用なので、その気になればできないことなんてなにもないのかもしれない。

――俺がいない間、ああやって面倒見てくれてたんだ。任せられる人はたくさんいるのに、それじゃ子供たちが不安になると思って……あと、自分が見てないと俺みたいにさらわれるんじゃないかと心配で、ほんとはそういうキャラじゃないのに……。

子供たちの着替えが終わると、可畏はふたりをベビーチェアに座らせる。

腕力があるからふたりまとめてひょいひょい移動させられるし、やることが俺より早い。

それからキッチンに戻ってきて、離乳食のビンを二つ手にした。

白身魚のコンソメ煮と、鶏のレバーのペーストだ。

さらに慈雨と倖の名前がアルファベットで彫られた銀のスプーンを二つ、無駄のない動作でテーブルまで持っていく。

「いたらきまーす！」

「いちゃらきます！」

四人でテーブルに着き、俺と可畏も「いただきます」をする。

稀《まれ》に慈雨が椅子ごとひっくり返ることがあるので、俺は子供たちの間に座った。

大人用のバナナブレッドには、クリームをそえてナッツを散らしてある。

それとは別に、可畏はクラッカーとチーズとバジルソース、塩とコショウを並べていた。

「慈雨、倖、ミルク飲んだらこっちを食べてみろ。うまいぞ」

俺の真正面に座った可畏は、銀のスプーンで離乳食をすくう。

それも左右の手でそれぞれスプーンを持ち、ふたりの口元に同時に寄せた。

慈雨はチュポンッと乳首を離すなり、「やーの、ジーウはミーク！」と抗議する。

毎食チャレンジする可畏に半ギレといった様子で、眉を八の字に寄せていた。

将来的に、「俺はミルクしか飲まねえっていってんだろ！　オヤジはしつけーんだよ！」と反抗的に怒鳴りそうで、想像すると笑ってしまう。

「そうか、お前はまだミルクだけでいいんだな。それで問題ないなら構わねえ。倖は？　濃厚ミルクだけじゃ足りなくないか？　この鶏レバー、かなりうまいぞ」

慈雨が飲んでいる超高カロリーの海獣用ミルクと、倖の人間用ミルクでは栄養価がまったく違うので、可畏は特に倖の身を心配しているようだった。

「んー……コーね、マーマのミークがいーの。おいちーの」

混ぜてるだけなんだけどなぁと思いつつ、「肉とか魚じゃなくて、果物から食べてみる？　リンゴとかバナナとか、みかんも綺麗《きれい》な色だよ。甘いのはどうかな？」と訊いてみると、倖はニコッと笑って、「ミークがいーの」と即答した。

「手ごわいだろ？　果物も試したけどダメだった」

「そっか、うーん……手ごわい」

　可畏と顔を見合わせ、お互いに苦笑する。

　まあ……慈雨も倖もそれぞれ唯一無二の性質の持ち主だし、健康状態さえよければ、あとは本人の意思を尊重したほうがいいんだろうけど……。

「しかたねえ、また俺が食うか。さすがに飽きたぞ」

　可畏はそういいながら、慣れた手つきでビンの中身をクラッカーにのせる。

　レバーペーストの上にやわらかなチーズをたっぷりと塗り、塩とコショウで整えて、そのまま一口で食べた。

　白身魚のほうも、バジルソースを足してパクパクと平らげる。

　離乳食のビンは小さいから、あっという間に空になったし、竜嵜《りゅうざき》グループの食品ブランドが出している高品質でおいしいもので、可畏の口にも合うんだろうけど、でも……空っぽになったビンを見ていたら、なんだかまぶたが熱くなった。

　高価な離乳食を捨てることを、もったいないなんていちいち思わない金銭感覚の人だと思うし、食べ飽きたものをわざわざ食べる必要はないはずだ。

　それなのに、残さずきっちり食べてくれてる。俺からなるべく遠いところにビンを置き、子供たちが拒否するなりさっさと食べて、俺の前で生きものの命を無駄にしない。

「おい、大丈夫か？　目が赤いぞ」

「……え、マジ？　なんでだろ、ちゃんと寝たのにな」

咄嗟《とっさ》に誤魔化したけど、惚れ泣きがバレてもそれはそれで構わなかった。

執着されて強く求められたから、それを失うのはちょっとさみしいってところから始まって、今はもう俺自身が、可畏のことを好きで好きでたまらない。

大切に噛みしめたい日々の中で、この感情も大事にしたいと思った。

家族になってもときに惚れ惚れする気持ちを、お互いが持っていられるように——。

暴君竜の恐竜島ツアー

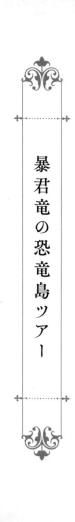

ハワイ諸島の近くにある竜人の島、ガーディアン・アイランドに来て二日目の午後。

可畏《かい》からは、「ジープで島を回るか？」「それとも泳ぎに行くか？」と訊かれたけど、今日は遊びにいかずにのんびり休むことにした。

可畏が「潤《じゅん》は疲れてるんだ。休ませてやれ。ふたりで仲よく潤の近くで静かに遊ぶんだ」といい聞かせてくれたので、子供たちを見守りながらソファーで雑誌を眺める余裕がある。

幼児用アロハシャツ姿の慈雨と倖は、リアムが用意してくれた玩具《おもちゃ》に夢中だった。

積み木とブロックとパズルをかけ合わせたような感じで、スタートからゴールまでボールが運ばれるよう、多種多様なパーツを上手く組み合わせる知育玩具だ。

俺もやってみたけど、複雑で頭痛がしそうなむずかしさだった。

子供たちが真剣に取り組んでくれているおかげで、だいぶ楽をさせてもらっている。

ただし本当に疲れているかといえば、そうでもなかった。

遊びの誘いを断ったのも、モニター越しに見た秘書の五十村《いそむら》さんが、可畏を仕事に戻したいオーラを出しまくっていたからだ。

いろいろあったわりに俺は元気で、メンタル的にも早々に立ち直っている。

昨夜は突然の神経性胃炎に苦しんだけど、吐血までしたわりに回復は早かった。

去年の九月に可畏の血を輸血されてから、人間離れした再生能力を身につけたし、メンタル面でもダメージが少なかったのは可畏のおかげだ。

もちろん、子供たちの存在もメチャクチャ大きい。

それはもう当たり前のこととして、やっぱり今の可畏の安定感はすごいと思った。

俺が二週間も他の男のところにいたのに、俺のことを汚らわしいとか思わず、無事に戻ったことを心からよろこんで受け入れてくれている。

そして俺も、可畏のそういう気持ちを揺るぎなく信じていられる。

ガイのしたことは俺たちにとってすごくつらくて、限りなく最悪に近い試練だったけど……でも今回もちゃんと乗り越えた。

遠く離れていても、お互いの心が見えていたからだ。

感情を読み取る能力とか、そんなものは必要なかった。

相手がどんな気持ちでいるか、なにを望み、なにを優先して動くのか……お互いに考えて、信じて、一切の疑いを持たなかったから今がある。

——バトルとは別のところで、可畏と俺の圧勝だった。俺は、そう思ってるよ。

英語の勉強になると思って手にした、米国版の有名ファッション雑誌——やたらと重たくて角ばったやつの中に、香水のビンに唇を寄せるリュシアン・カーニュがいた。

この写真を撮影したとき、中身がどちらだったのかはわからない。

なんとなくガイのような気がしたから、俺は写真をにらんで勝利宣言した。

エリダラーダではいいたいことの半分もいえなかったけど、これが俺の本音だ。

愛のパワーといってしまうのはだいぶ恥ずかしいし、それじゃあまりにも単純すぎる。でも、そう表現するのが一番ピッタリくる力で、俺たちは勝った。

過去に起きたたくさんのきびしい戦いも、振り返ってみれば無意味じゃなかったと思うくらい、強く踏み固められた絆《きずな》を感じた。

——貴方《あなた》は俺たちに負けた。あんな卑怯《ひきょう》な手を使って、愛情を得るなんて無理だったんだよ。

貴方の全部が悪だとは思ってないし、憎むのがむずかしいくらい……いろいろ知ってしまったけど、それでも本気で願ってる。あれは間違いだったと悔やんで、二度と同じことはしないでくれって、願ってる。

リュシアンの写真を見ながら、ガイに改めて別れを告げた。

もう貴方のことは考えない。ガイなんて呼ばない。

貴方は竜人組織の頂点に君臨するツァーリで、俺にとってとてつもなく縁遠い人。

洗脳の影響を引きずらないよう、自分の頭の中を整理した。好きでもない人のことを、あれこれ考えたくない気持ちは強い。そんな時間があったら可畏や子供たちのことを考えたいし、そのほうがずっとたのしいから。

「マーマ、れきた！　れきたよ！」

「マーマ、みて！　コロコロしゅるよ！」

慈雨《じう》と倖《こう》が大きな声を上げ、パチパチと拍手する。どうやら完成したようだった。

ラグの上に座り込むふたりの隣に移動して、知育玩具を覗いてみる。

「大人がやってもむずかしいのに、もうできたなんてすごいな。じゃあ早速コロコロしてください」

「うん！　あのね、ここにポンしゅるの！」

「んっ、マーマ、これあげゆ！」

倖から渡されたのは、ピンポン玉より大きな木製ボールだった。

慈雨が指さすスタート地点の穴に寄せ、「じゃあ入れます。せーの！」と投入する。

穴の中に姿を消したボールは、様々な形の木製ブロックの中を転がっていった。

急斜面のすべり台と、そこを駆け降りた勢いで進む平坦《へいたん》なルート。カタンッカタンッと小気味よい音を立てて落ちていく積み木の階段に、ゆるやかな勾配。本当によくこんなものを組み立てたなって、感心するほど見事だった。まるで小さなアスレチックだ。

「おおっ、すごい！　ゴールだ！」

たぶん十五秒くらいコロコロと転がり続けたボールが、ゴール地点にコトンッと落ちる。

それを見届けた慈雨と倖は、同時にバッと俺の顔を見上げて「マーマ、ゴールちたよ！」「マーマ、ゴールちたね！」と大よろこびしていた。

その可愛さとかしこさに感極まって、「うんうん」といいながらウルッときてしまう。

知育玩具が面白かったっていうのもあるだろうけど、可畏にいわれた通り俺をせっつかずにふたりだけで静かに遊んだり、それでいて俺の姿が見えるところで背を向けずに遊んでいたり、そんなふたりの成長に胸がしめつけられた。

「慈雨も倖も偉いな。ふたりで協力し合って、上手くいかなかったら何度もやり直して、最後はこんなに上手くいった。根気があるってことだよ」

「こんき？」と声を合わせて同じ角度に首をかしげるふたりに、「えーと、つまり根性が……あ、頑張り屋さんってことだよ」と説明した。

頑張り屋さんはすぐにわかったのか、「ばんばりやしゃん！」「んっ、ばんばったよ！」と、ふたりそろって身近なほめ言葉に興奮する。

「これからもずっと仲よく、ふたりでいろんなことを頑張って乗り越えていけるといいな」

もう一度スタートからボールを転がすと、ふたりとも上機嫌で立ち上がった。

昆布みたいに、体をクネクネさせるダンスを踊りだす。

ここがハワイの近くで、しかもアロハシャツを着ているせいでフラダンスを思いだしたけど、実際にはEテレで流れていた曲に出てくるダンスだ。

昆布の哀愁の歌なのに、そこまで読み取っていないふたりは陽気に踊っている。

「ジーウとコーたん、ずーっとなかよちよ。らってジーウ、コーたんのにーたんらもん」

「ん、コーね、ジーくんらいしゅきなの。ずーっとなかよちよ」

「ジーウも！　コーたんらいしゅき！」

ラグの上で踊るふたりは、「むっふー」「うふふー」ととろけそうな顔で見つめ合う。

生まれたときからこんなに好き合える相手がいるって、いいなぁとしみじみ思った。

いつかふたりの間に割り込んでくる存在が現れたら、嫉妬したり喧嘩《けんか》したり相談に乗ったり応援したり、青春っぽいことがいろいろあるのかなって考えるとワクワクしてくる。

「あ！　パーパら！」

「ん、パーパらね！」

子供たちのパパセンサーの感度は素晴らしく、大抵は俺より先に可畏に気づく。

リビングのドアからティラノサウルス・レックスの影の一部が見え、すぐにドアが開いた。

もちろん人間の姿をした可畏が、「仕事、終わらせてきたぞ」といいながら入ってくる。

今日はめずらしく上下白のカジュアル服を着ていて……浅黒い肌に似合ってるし黒い服よりむしろセクシーだし、それでいてリゾートっぽくて爽やかだ。

――はあ……カッコイイ、惚れ直しそう……。

つい見惚《みと》れていると、慈雨と倖がタタッと走って出迎える。

ふたりは「パーパ、みて！　ジーウね、コーたんとばんばったよ！」「んっ、ジーくんとねー、ばんばりやしゃんごっこちたの！」と、可畏のパンツの裾を引っ張る勢いを見せた。

実のところうちにも知育玩具はたくさんあるんだけど、こんなに夢中になったことはなくて、可畏は「これくらい複雑でむずかしくてもいいんだな。似た系を取り寄せるか」とラグの上であぐらをかく。

手渡されたボールの動きを目で追い、ふたりが作った小さなアスレチックに感心していた。大好きなパパにほめられて得意そうにしている子供たちを見て、俺も一緒に誇らしい気持ちになる。慈雨と倖が可畏を自慢に思っていることも、可畏が子供たちを自慢に思っていることも、ひしひしと感じられてうれしかった。

——あ……のんびりしてる場合じゃなかった。さっきの雑誌……。

ほんわかモードから一転、ソファーの上に置いていた雑誌のことを思いだす。

見てみると、ただ置きっ放しってだけじゃなく広告ページが開いたままになっていた。

リュシアン・カーニュの顔を隠さなきゃと、内心あせる。

俺にとってもそうだけど、可畏にとっても気分のいいものじゃないはずだ。とはいえ慌ててバタバタ動くと可畏に気づかれるから、さりげない振りをしてソファーに戻った。

「いい玩具を選んでもらえてよかったよな。リアムに感謝しないと」とかいいながら、自然な感じで雑誌を閉じて片づける。

上手くいったかな……と思ったけど、鋭い視線を感じた。

子供たちと一緒にボールを転がしつつ、可畏がこちらを見ている。というかにらんでいる。

「その雑誌はなんだ？　奴《やつ》が載ってるのは片づけろとリアムにいったはずだ」

「……ご、ごめん。あ、でもリアムが悪いわけじゃないんだ。これは俺のために用意されてた雑誌じゃなくて、リアムの私物として本棚に収まってたやつ」

「わざわざ引っ張りだしたのか？」

「リアムが用意してくれたのは全部日本語の雑誌だったから。モデルの仕事で英語使うことも多くなるし、今どれくらい読めるか試してみようかなって思っただけ。そしたら、載ってた。思いださせてごめん、可畏に嫌な思いさせる気はなかったんだ」

「俺は平気だ。お前は嫌じゃないのか？」

「俺は……」

不機嫌になると鬼のようにけわしくなる顔で訊かれて、どう答えるべきか迷う。

嫌じゃないといったら可畏に悪い気がするけど、それほど嫌じゃないのが正直なところだ。

「なんか、そんなに特別に感じないかな。モデルとしてのリュシアンは、そのブランドの顔にすぎない気がするんだ。俺が知ってるリュシアンともツァーリとも違うから、冷静に見れる」

「――そうか」

しばらく考えてからいった可畏は、「それならいい。あれだけ露出の多い男の顔をまったく見ずに生きていくのはむずかしいからな」と、仏頂面でつぶやいた。

「うん、あの顔が絶対無理ってなると一歩も外に出られなくなる」

「失踪の顛末《てんまつ》をどうするのか知らねえが、モデルを続ける可能性もあるしな」

「えっ、それは……それはちょっと、嫌な展開かも」

「まったくだ」

苦々しくいった可畏に、子供たちは「パーパ、もっかい！」「コロコロちて」と求める。

ふたたびボールをつまんでスタート地点まで運んだ可畏は、「慈雨、倖、頭を使ったあとは外で体を動かすのもいいんじゃないか？」と訊いていた。

「そと？　おそと？」

「パーパ、おそとマーマもいっちょ？」

「潤は……どうだろうな、もう少し休ませたほうがいいかもな」

「いやいやいや、行きますって」

むしろ休むべきは可畏のほうなんじゃ……って思ったけど、可畏は出かける気満々だった。

子供たちも「ジーウ、マーマいっちょらいく！」「コーも、マーマといっちょいく！」と、これまたうれしいことをいってくれる。

「可畏、外って具体的にどこ？　倖は海水が苦手だし、海寄りじゃないよな？」

「中央地帯に決まってんだろ。ここまで来て恐竜を見せずになにを見せるんだ？」

えっとおどろく俺をよそに、可畏は「恐竜たくさん見たいだろ？」と子供たちに訊《たず》ねる。

慈雨も倖も両手を上げて、「みちゃいっ、みゆ！」「きょおゆらね！」と飛び上がっていた。

行き先が恐竜だらけの中央地帯というのもおどろきだったけど、それだけじゃなく——島の中央に用意されていたのは、超ハイスペックな装甲仕様のジープだった。

この島の管理に使われるもので、恐竜同士のいざこざがあったとき、足場の悪いところでも猛スピードで走れたり、霧が深くても暗闇でも走行可能なライトが装備されていたりする。

しかも中型くらいの恐竜にならら踏まれても耐えられる強度を持ち、大型恐竜にも効く追跡型麻酔弾を装備していて……と、戦車級のとんでもないジープらしい。

「おおおおっ、すごい！　霧があってもちゃんと見える！　本当に恐竜がいっぱい！」

「恐竜映画そのまんまだろ？」

「うん、ここでロケしたら楽そう！」

「CGもなにも要らねえよな」

無免許なのに左ハンドルの車しか運転したことがないという、なんだかすごく生意気な俺は、助手席に可畏を乗せ、後部座席のチャイルドシートに慈雨と倖を乗せて、島の中央部の広大なフィールドを駆け抜ける。

「マーマ、トリさんいるお！」

「マーマのしゅきなトリさんらね！」

はしゃぐ子供たちが指を指しているのは、鳥ではなくトリケラトプスのようだった。

草食恐竜が入り乱れているうえに運転中なのでよくわからないけど、たぶん間違いない。

「うーん、俺が好きなのはティラノサウルス・レックスだよ。あ、あとプテラノドンも好き」

かつて自己投影していたほど好きだったトリケラトプスのイメージが悪くなり、もうあまり好きではありません――とはいいにくいけど、子供たちの記憶の中にある「ママはトリケラトプスが好き」という情報を上手いこと消してしまいたかった。

リアムに通じるプテラノドンはいいとして、可畏の手前「スピノサウルスやモササウルスも好き」なんてとてもいえない。まあ、水系の恐竜はそもそもここにはいないんだけど……。

陸棲では、首長系の竜脚類もマークシムス・ウェネーヌム・サウルスに似てるからさけたい存在だし、好きっていえない恐竜がどんどん増えてる気がする。

「トリケラトプスが嫌いになったか？」

「う……可畏と一緒に観《み》た映画のキャラとしては今も好きだけど、本物はちょっと……」

「俺は元々好きじゃねえ。お前のこともあんなデブ恐竜だと思ってねえし」

「うん……まあ、俺は人魚に近いなにかみたいだし？」

「そっちのほうが断然合ってる」

人魚という単語に可畏は抵抗を示さないので、「はは……」と空笑いしておいた。

李燈実《リートウミ》と直接やり合ったわけじゃない俺は、彼がトリケラトプスになった姿を見ていない。

それでも、可畏に大怪我《おおけが》をさせたりユキナリに瀕死《ひんし》の重傷を負わせたりしたことを、絶対に許せないと思っている。油断した自分に対する怒りや自己嫌悪まで乗っていて、もしかしたら理不尽に嫌いすぎてるのかもしれないけど、やっぱり許せなかった。

「うわ、車停《と》めるとなんか怖い。地震みたい！」

中央の開けた場所に車を停めるよういわれ、その通りにしたら振動におどろかされた。

走行中は少ししか感じなかったのに、底からズゥンズゥンと突き上げるような地ひびきだ。子供たちの様子が心配でバックミラーを見ると、ふたりともキャッキャと笑っていた。

直接振り返るとますます御機嫌で、「マーマ、きょおゆらね！　いっぱいよ！」と倖に笑いかけられ、慈雨からは「ドーン！　ドーン！　ドドドーン！」と、耳が痛くなるほどの大声で効果音をつけられる。

「鬼子母島《きしも》でもそうだったけど、ほんと度胸あるよな」

「俺の息子なんだから当然だ。ロシアではリトロナクスの双子と戦ったんだぞ」

「……そうでした」

聞いた話によると慈雨が残酷なことを平然とやったそうで、それについては少し様子を見て考えることになっていた。命懸けの戦いだったんだし、相手は敵だし、慈雨も竜人なんだし、人間目線で「残酷」と判断して終わりにしてはいけないと思っている。

「あ、可畏……あれってもしかして、ユキナリ？」

昼間でもそれなりに霧が立ち込めるフィールドに、見慣れた影が見えた。

影とはいってもユキナリが普段背負ってるグレーの影じゃなくて、ちゃんと実体化しているコリトサウルスのシルエットだ。肉も皮もあるリアルな姿で、後ろ足でテクテク歩いている。

「にごたんらね！」

「ん、マーマ、にごたんらよ」

「慈雨と倖のいう通りだ」

可畏が答える前に子供たちが答えてくれたけど、俺自身にも確信があった。

コリトサウルスは結構たくさんいるのに、これはユキナリだってちゃんとわかる。

確信と同時に、なんだか座っていられなくなった。

ユキナリに対していいたいこと、機内で少しはいったけど全然足りなくて……一日でも早く、もう一度ちゃんと話したいと思っていたから。

「可畏、ごめん。ちょっと出てくる」

「外に出るのか？」

「うん、出るけど車の前でユキナリと話すだけ。遠くにはいかないよ。慈雨、倖、にごたんとちょっとだけおしゃべりしてくるけど、見えるとこにいるから心配しないで」

子供たちは唇をとがらせて「ジーウもいくのっ」「コーも！」といってはいたが、なにがなんでも絶対に行くという強い主張ではなかった。今は大丈夫だと察しているらしい。

装甲ジープの外に出ると、コリトサウルスのユキナリがトットッと近づいてくる。

博物館で見たコリトサウルスはかなり大きくて、体長約十メートル、体重三トンとか書いてあったけど、超進化した今のコリトサウルスは幼竜レベルに小さかった。

ヘルメット竜なんて別名も持つくらい、頭頂部にポコンッとした丸い出っ張りがあり、首はS字に曲がっていて、肩に相当する部分が高い位置にある。端的にいうと猫背っぽい感じだ。尾は根元から先端近くまで太く重量感があるタイプで、首長系の鞭《むち》みたいな尾とはまったく違っていた。肉食恐竜の視点で見ると、食べ応えがある肉づきといえるのかもしれない。

華奢《きゃしゃ》なユキナリとは大きくかけ離れたコリトサウルスは、「キェッ、キェーッ!」と鳴いてなにやら抗議してきた。

言葉を交わせないのに、文句をいわれているのがわかる。

恐竜化しても、ユキナリはやっぱりユキナリだった。

「恐竜だらけのフィールドで車外に出るのは危ないっていいたいんだろ、わかってるよ。でも可畏がいるし、これ以上車から離れないから大丈夫。俺、やっぱりもう一度、お前にちゃんと謝りたくて」

超進化型コリトサウルスは小さいけれど、それでも人型のときのユキナリと比べたらとても大きくて、自分より高い位置にある顔を見上げる。

「本当にごめん」と謝った。

むせ返るような緑のにおいの中で、ユキナリは「クェッ」と声を上げて一歩引く。

意味するところは、「はぁ、なんなの、やめてよ気色悪い」とか「またアイツの話？　もう思いだしたくもないんですけど！」とか、たぶんそんな感じだろう。

「飛行機の中でもいったけど、なんか適当に流されたし……今ならなにもいえないと思うから、あえて今いわせてもらうけど、李燈実の件……本当に、本当に悪かった」

腹に力を入れて、なるべく声を出した。腿《もも》に当てた手を伸ばし、勢いよく頭を下げる。

ユキナリは、またしても「クェッ」と高い声で鳴いた。

「俺が油断したり、危機管理が甘かったり、あらゆる面で自覚が足りなかったせいで、痛くて苦しい思いをさせて……本当に悪かった。退院後もすぐロシアまで行って、子供たちの面倒を見てくれてありがとう。親がそばにいない状況下で、子供たちが元気でいい子でいられたのは、いつも可愛がってくれるユキナリや三号さんたちがいてくれたからだ」

俺が行方不明で、日中は可畏も離れている——そのときの子供たちの気持ちを考えると、目頭が熱くなった。

きっとすごくさみしかったと思う。心細かったと思う。それでもふたりは耐えたんだ。

そんなときに、普段から慣れ親しんでいるユキナリや三号さんたちがそばにいてくれて、いつもと変わらない空気を作ってくれた。だからこそ子供たちは耐えられたのかもしれない。

自分の不甲斐《ふがい》なさを謝りたい気持ちも確かだけど、それを上回るほどの勢いで、俺は心から感謝してる。彼らの王であり、雇用主という立場上、「ありがとう」なんて簡単にはいえない可畏の分も、心を込めて御礼をいいたかった。

「本当に、ありがとう」

そういった瞬間、ユキナリは顔をぐわりと上向け、「クエッ！　クエエエェェ——ッ！」と叫びながら走りだす。それはもう、ビックリするほどの声量とスピードだった。

ユキナリは他の生餌がいる群れに、エリマキトカゲみたいな猛ダッシュで戻っていく。

最後はなにをいったのかよくわからないけど、耳がビリビリするくらい強烈な声でなにかを叫び、訴えていたのは間違いない。竜人同士ならわかるよな……と思って振り返ると、フロントガラスの向こうで可畏が笑っていた。

——なんだろ？　なんかウケてる？

いつまでも外にいるのは危険だし、俺も小走りで戻る。

運転席に乗り込んで通訳を求めると、「わからねえ」と即答された。

子供たちはコリトサウルスの真似をして、「にごたん、クエクエーッ！」「クエクエー、らねえ、クエーイ！」と、これまたやけにウケている。

「わからないのに笑ってたのか？　恐竜の言葉、理解できるんだろ？」

「いや、お前の能力と同じで明確な言語に訳せるわけじゃねえ。なんとなくわかるだけだ」

「なんとなく……」

「今のは、強《し》いていうならパニックによる意味不明の奇声だな」

「そのまんまじゃん！」

「そう、だから訳しようがねえ」

ククッと笑う可畏と、「クエックエーッ！」と真似を続ける慈雨、「にごたんピョンピョン、はちってたねー」とほほ笑む倖を見ていると、とりあえずよかったのかなと思えてくる。窓は開いてたから可畏の聴力なら聞こえていたはずだし、ユキナリを始め、生餌のみんなに対する「ありがとう」って気持ちに同調していたからこそ、可畏は笑っていたのかもしれない。


最終目的地は湿地帯にある川で、親の俺たちが先に着替えることになった。

コテージから持ってきた水着は、今回新たに用意されたものだ。

リアムが選んでくれたんだけど、これがまたすごくて……生地が足りなかったんですかって、訊きたくなるくらい限界ギリギリの紐《ひも》パンだった。しかも真っ白だ。小さな布切れで包まれるアレが……ちょっとでも動いたらポロリしそうで怖いったらない。家族風呂的な感覚ですごせる浅瀬の川だからいいものの、そうじゃなかったら絶対穿《は》けない代物だ。

「アイツのセンス、最高だな」

「……っ、じっと見ないでくれ。なんで可畏は普通の黒ビキニなんだよ」

「俺が紐パン穿いたら最初からポロリだろ」

「確かに……っていうか今、男としての自分がディスられた気がする」

「心配するな、お前のは小さくねえ。俺に優しい愛情サイズってだけだ」

「可畏に優しい……愛情サイズ？　それ、全然意味わかんないんですけど」

「口角が痛くならねえし、喉にも優しい」

「――ッ」

真顔でいわれ、クソッて思ったけど、事実は事実なのでしかたがない。

頭を切りかえて子供たちを水着に着替えさせよう……と思うと、いきなり腕をつかまれた。

「蝶々結《ちょうちょう》び、下手だな」といわれ、水着の左側の紐を引っ張られる。

「えっ、ちょ……っ、え⁉」

どさくさまぎれになんてことすんだって思ったけど、子供たちがチャイルドシートからこちらを見ている今、おかしなことなんてするわけがなかった。

するっと紐をほどかれたあと、くいくいと引っ張られ、軽く食い込む強さで結ばれる。

右側の蝶々結びが気の毒になるくらい、左だけ綺麗な形になっていた。

「可畏って器用だよな」

「子供たちの水着も俺が結んでやる。遊んでるうちにほどけたら流されかねないからな」

「まさか子供たちも紐パン？」

「いや、けどそれはそれで可愛いだろうな」

「違うってことか。リアムの玩具選びはバッチリだったからな、水着はどんなのだろ？」

「先に行って待ってろ、着替えさせて連れていく」

「いいの？　じゃあお任せしてたのしみにしてる」

ジープの中で着替えさせるのは大変じゃないかと思いつつ、可畏が相手だと慈雨もおとなしく従うので、かえって早いような気もした。

出がけに水着のチェックをしたのは可畏だから、俺はまだ現物を見ていない。

おそろいの水着だとは聞いていたけど、紐で結ぶタイプなんて想像もしていなかった。

マイナスイオンたっぷりって感じの、いわゆる沢みたいな川は水深四十センチ程度と浅く、大人が遊ぶ分には水着に着替える必要はない。可畏は、「子供に合わせてしゃがんだら、尻が水につくだろ」とかいって俺に水着を強要したんだけど……やっぱり紐パンはやりすぎだ。

「マーマ、おわたよ！」

「んっ、おわたねー」

冷たい水をパシャパシャ蹴って遊んでいると、背後から慈雨と倖の声がする。

リアムのセンスを信じつつ、期待いっぱいに携帯を構えた。

もちろんカメラアプリは起動済みだ。露出度の激しい白い紐パン一枚で撮影って……かなり恥ずかしいけど、三人の姿を撮るつもりで勢いよく振り向く。

「……っ、え？」

そこにいたのは、黒いセクシービキニパンツ姿の可畏に手を引かれた、可愛い……とっても可愛い金太郎がふたり——いや、『金』の文字はないんだけど、どう見ても金太郎だった。

スタイが大きくなっていちもつまで隠れるような、赤い布を身に着けている。

「そ、それ⁉　それがリアムのチョイス⁉　金太郎みたい……」

「アイツらしいといえばらしいだろ」

「それはそうだけど、子供たちまで露出度高いよ！　お尻プリッと丸出しじゃん！」

「この島限定だ。隠すにはもったいない美尻だしな」

「おちりぷりーっ！　まるだっしん！」

「パーパ、もっちゃないびじーってなぁに？」

水慣れしていて大はしゃぎの慈雨とは違い、倖は可畏の手をぎゅっと握って離さなかったが、それでもおそるおそる足を水につけていた。

「倖、頑張って偉いぞ。ちなみに美尻っていうのは、潤やお前たちの尻みたいに、形と肌が綺麗な尻のことで、それはもう最強無敵の武器なんだ」と、可畏は妙なことを語りだす。

一方慈雨は可畏の手をさっさと離れ、当たり前にジャバジャバと水をかいていた。

「しゃいきょーのー、おちりビーム！」と叫びながら、丸出しのお尻を俺に向けてくる。

「うっ、やられた……つ、強い！」

俺がうずくまると、慈雨は「マーマも！　マーマもおちりビームして！」と求めてきた。

それは勘弁してくれ……と苦笑いすると同時に、木々の向こうから人の声が聞こえてくる。

――ん？　誰か来た？

なんとなく少年っぽい高い声のような気がしたのは正解で、現れたのは水着姿のユキナリと三号さんだった。俺たちみたいなきわどい水着じゃなく、「俺にもそっちを……！」といいたくなるような、トランクス型の水着を穿いている。

「家族水入らずのところすみませーん、お邪魔しにきましたー」

憎まれ口を叩くユキナリと、その一歩後ろに立つ三号さんを、子供たちは「にごたんら！」「ちゃごたんも！　いっちょにあしょぼ」「いっちょによくよ！」と誘っている。

可畏は特になにもいわず、ただ、ユキナリの手元に目をこらしていた。

「突然すみません。実は二号さんが、家族写真を撮って差し上げたいっていいだして……」

三号さんの穏やかな激白に、ユキナリは「はあぁぁ⁉」といきなりキレる。

どうやら、可畏が目ざとく見ていたのはカメラのようだった。

「ありがとう！　頼んでいいかな！」

世話になってばっかりで全然返せないし、申し訳なくもなるんだけど、みんなでワイワイ、一緒にすごせることがうれしかった。これもまた、もう一つの大切な家族みたいで――。

恐竜ベビーと暴君パパ

「ハイセンたん！　ジーウのよ！」

母親に相当する潤《じゅん》よりも明るいブロンドと、父親の可畏《かい》から受け継いだ浅黒い肌、水竜人らしい青い目を持つエキゾチック美乳児――竜嵜慈雨《りゅうざきじう》は、運命の相手を見つけたような勢いでハリセンボンのぬいぐるみを抱き寄せた。

ローテーブルに積まれた他の百体近いぬいぐるみには目もくれず、一つだけ選ぶとすぐさま飛び跳ね、自力でソファーによじ登る。天使のように愛らしい白猫のロンパース姿で、潤のひざの上にスライディングした。

「慈雨はハリセンボンがいいんだ？　その子、なんか個性的な顔してて可愛《かわい》いな」

「かわゆお！　ハイセンたん、しゅべしゅべ」

「ほんとだ、すべすべで気持ちいい。それにしても選ぶの早いな、脇目も振らず一直線だ」

「いっしょくせん？」

「うん、一直線。慈雨はパパに似て一途《いちず》なのかな？」

笑いながら冗談をいった潤の左隣で、可畏は聞こえない振りを決め込む。

無表情でやりすごしたところで、内心では照れているのが丸わかりだった。

「倖《こう》はどうするんだ？　この中からどれでも一つ、好きなのを選んでいいんだぞ」

「んー、んー……」

可畏のひざの上で四つん這《ば》いになっていた倖は、ぬいぐるみの山を見ながら首をかしげる。

どちらかといえばパパっ子でおとなしい倖と、ママっ子でやんちゃな慈雨——潤の胃から卵のまま摘出され、海水の中で孵化《ふか》してわずか二週間しか経《た》っていない双子ベビーは、人間に置き換えるなら生後八ヵ月ほどの大きさまで育っていた。今はまだ上手く話すことができないが、知能は高く、可畏や潤の言葉をある程度理解している。

「んー……コーの……ぬいぬい」

自分のぬいぐるみはどれにしたらいいのかと、迷って決められない次男の倖は、可畏と同じ陸棲《りくせい》竜人の美乳児だ。双子とはいえ、兄の慈雨との見分けは容易だった。幼いながらに整った顔立ちと黒髪は父親ゆずりで、透き通るような白い肌と琥珀《こはく》色の目は潤に似ている。

今は白ウサギのロンパースを着ていて、その腰には尻尾《しっぽ》を模したポンポンがついていた。動くたびにフードから垂れたウサギの耳が揺れ、ぎゅっと抱きしめたくなるほど愛らしい。

可畏も潤も、待たされても少しもいらだたずに倖のぬいぐるみ選びを見守っていた。

約百体のぬいぐるみは、いくつかのシリーズに分かれているためカラーもサイズも区々《まちまち》だが、すべて竜寄グループの繊維ブランドが開発した商品だ。

ベビー用の安全な素材で作られていて、汚れがつきにくく衛生的。なおかつ肌に優しい。もちろん、誤飲などの危険がないデザインだ。

——即答した慈雨を一途とかいっちゃって、倖に悪かったかな？

倖がいつまでも決められないため、潤は少々気まずくなる。先ほどの論調でいくと、倖は優柔不断で気が多いことになってしまうが、実際はそうではないことを親としてわかっていた。

悪い意味ではなく、倖はあれもこれも好きで、だから切り捨てられないのだ。

ウサギやクマ、犬や猫、パンダのぬいぐるみに手を伸ばしては、触れる前に引っ込める。

多くの中から一つといわれて困ってしまい、大好きな父親のほうを振り返って瞳をウルウルとうるませた。

「パーパ」

「どうした？　自分で選べないのか？」

倖はどちらかといえばパパっ子で、可畏も倖には甘くなりがちだった。

ひざの上に座って上目遣いで助けを求めてくる倖に、決め込んでいた無表情を完全に崩されている。

「一つに決めるのはむずかしいか……それならいっそのこと全部お前たちのものにすればいい。慈雨も他に欲しいものがあったら選べ」

「えっ、なにそれ、ダメだよ。可畏、そういうのはなしだって。親が簡単に折れて甘やかしてどうするんだよ。なんでも過剰にあるとありがたみがなくなるし、欲張りにもなるし、これは自分で選んだお気に入りに愛着を持って大事にする勉強なんだから」

「欲張りだっていいじゃねえか。すべてを手に入れるだけの財力と権力を持てば済む話だ」

「この子たちは可畏みたいに強くなれるかわからないし、仮に強くなったとしても欲張りはダメ。下手したらどっかの怖い双子みたいになっちゃうだろ？　俺はふたりに、小さなことでも幸せを感じられるように育ってほしいから、必要以上の贅沢《ぜいたく》はさせたくないんだ。お金をかけるのはセキュリティ関係だけで十分」

「ぬいぐるみの一個や二個で大袈裟《おおげさ》だろ」

「一個や二個じゃないだろ、さっき全部あげるようなこといったじゃん」

「一個も二個も百個も同じだ」

「いや、全然同じじゃないし」

　顔をしかめた潤のそばで、倖はそわそわと落ち着かない様子を見せる。

　自分のせいで両親が口論になっていると思ったのか、早くぬいぐるみを選ばなければ……とあせっているようだった。小さな手を目いっぱい開いて宙にさまよわせ、なんでもいいから急いでつかもうとする健気《けなげ》な仕草を、潤は見逃さなかった。

「倖、ごめん。喧嘩《けんか》してるわけじゃないから大丈夫だよ。ゆっくり選んでいいから」

「……んー……くり？」

「うん、慈雨みたいに直感でパッと選ぶのもいいけど、自分に合うのを慎重に考えてゆっくり選ぶのもいいことだよ。そうだよな、可畏」

「ああ、どっちも悪いことじゃねえから、お前はお前のペースで選べ。潤いわく一個や二個ならいいそうだ。つまり二個選んでもいいってことになる」

「だからダメだってば。二個ならいいなんていってないし。倖、一個だけ、よーく考えて……倖が一番仲よくできそうな子を選んでごらん」

　可畏にさりげなく肘鉄を食らわせた潤は、倖のペースに合わせて気長に待つことにする。安心したのか、倖は本当にマイペースに考え始め、結局いつまでも決められなかった。

　こういう場合に、親が「これなんかいいんじゃない？」と薦めてしまうと、価値観の確立を邪魔してしまう気がしたので、あえて口を閉じておく。

　可畏も短気を起こすことはなく、なにもいわずに倖の体を後ろから支えていた。

　幸い、ここは竜泉学院内の自室なので、ぬいぐるみ選びにどれだけ時間をかけても不都合はなく、誰かに迷惑をかけることにもならない。

　潤も可畏もソファーでくつろいでいるため悠長にしていられたが、これがもしもデパートなどの玩具《おもちゃ》売り場だったり、外商担当が横で待っていたりしたら、果たしてこんなにゆっくり構えていられただろうかと、今と異なる状況を想像して考える。

　周囲に人がいたら遠慮するあまりつい、「早くしなさい」と子供を急《せ》かしてしまうこともあるかもしれない。手さぐりでもなんとか子育てができているのは、恵まれた環境のおかげだということを、忘れてはいけないと思った。

「コーたん」

ひとりで「んー、んー……」と迷い続けていた倖に、兄の慈雨が声をかける。

慈雨は潤のひざからラグの上に下りると、ぬいぐるみの山にズボッと手を入れた。

比較的大きめのウサギのぬいぐるみをつかみ、引っ張りだすなり倖の顔の前に突きつける。

おどろいた可畏や潤が、「ア」「えっ?」と声を漏らす中、青い目を煌《きら》めかせてほほ笑んだ。

「ウサたんよ」

「ん、ウサたんらね」

「コーたんの、ウサたんよ」

倖自身に選ばせたい親の思惑をよそに、倖は慈雨が選んだぬいぐるみを受け取る。

慈雨は倖の頭に手を伸ばし、ロンパースのフードについたウサギの耳を握りしめた。

内側がピンク色のロップイヤー風の垂れ耳を、乳搾りでもするように握って笑いかける様は、

「倖ちゃんにはウサギさんが似合うから、これにしなよ」とでもいっているかのようだ。

「ウサたん、コーの?」

ウサギのぬいぐるみを抱いた倖に、慈雨は「んっ、あーよ」と答えて大きくうなずく。

倖は花開くような笑みを浮かべ、なめらかな感触のぬいぐるみに頬ずりした。

「可畏、今のって、『これが似合うよ』『うれしい』みたいな感じなのかな?」

「そのようだな。慈雨に選んでもらって、倖も納得したんだろう」

「うーん……予定とは違うけど、親が選ぶよりはマシか」

「断然マシだろう。慈雨は孵化した瞬間から弟想いの、面倒見のいい兄だからな」

「そうだったな、なんかいいなぁ兄弟愛。このプクプクした白うさぎ、倖にすごく似合うし」

慈雨のことを当たり前にほめる可畏の気持ちを、潤は深読みする。

可畏は七人もの兄を持ちながらも、出生時に上のふたりにひどくうとまれ、生存中の五人の兄とも距離を置いていた。種族が違っても仲のよい慈雨と倖の関係は、新鮮かつ心温まるものなのかもしれない。

「あ、でも今のやり取り……本当は、『お前は優柔不断だな、兄の俺が決めてやる。これにしておけ』みたいな俺様ノリだったらどうしよう」

「あり得るな、なにしろ俺の子だから」

可畏はフッと笑いながら、ぬいぐるみをかかえた子供たちをひとまとめに抱き寄せる。

強大な暴君竜の影を背負う父親を尊敬し、慕っている子供たちは、キャッキャとよろこびながら可畏の肩や首にすがりついた。

それぞれお気に入りになったぬいぐるみを手にして、うれしそうに笑っているのを目にすると、潤も輪に入りたくなる。

あえて口にはしなかったが、可畏が用意したぬいぐるみの中には、サメやクジラ、イルカやシャチにアシカなど……海の生きものがたくさん交じっていることに気づいていた。

そんな可畏の想いに、ひそかに感謝している。

よけることもできたはずの海生動物のぬいぐるみをよけなかったのは、慈雨の好みを尊重し、ありのままの慈雨を受け入れる覚悟があるからだ。

慈雨は間違いなく可畏の息子だが、潤の体に息づくスピノサウルス竜人の血が影響して、水竜人寄りの生きものとして誕生した。

陸棲の肉食恐竜の最強種である可畏にとって、それは決して好ましい結果ではなかったにもかかわらず、可畏は倖と同じように、慈雨のことも心から愛している。

「おい、なにをひとりでニヤついてんだ?」

「んー……あぶれた奥さんはちょっとさみしいのかも」

いたずらっぽく答えた潤の隣で、可畏は両手で抱いていた双子を左手のみに移し替える。

そうしてからおもむろに、空けた右手を宙に浮かせた。

「三人まとめて抱けるくらい、俺の腕は長《なげ》えぞ。肩も胸も広く、手もデカい」

「――うん、よく知ってる」

潤は可畏の胸に身を寄せて、ベストポジションをキープする。

きゅうくつになったのをますますよろこぶ子供たちと一緒に、可畏のぬくもりを堪能《たんのう》した。

双子ベビーと水竜王

ティラノサウルス・レックス竜人、竜嵜可畏《りゅうざきかい》と、その恋人の沢木潤《さわきじゅん》の間に奇跡の卵が産まれ、騒動の末に孵化して三週間後——潤が待っていた雨雲が、東京《とうきょう》の夜空をおおいつくした。

多摩《たま》市の高台に位置し、緑地に囲まれた広大な敷地を持つ竜泉《りゅうせん》学院に、雨がしとしと降り注ぐ。氷塊を舐《な》める風のような霧も立ち込め、『彼』を迎えるのに最適な空模様だった。

「こんちゃ！　ジーウらよ！」

「……こんちゃ……コーれす」

人間に置き換えると生後十ヶ月ほどの大きさまで育った双子ベビーは、可畏に抱かれたまま挨拶と自己紹介をする。長男の慈雨は身を乗りだして客人の顔を見上げ、次男の倖はもじもじと恥ずかしがって、黒い髪や真っ白な額を可畏の胸にすり寄せた。

「こんにちは、こうして会うのは二度目だな。俺の名前は……さすがに憶《おぼ》えてないか」

「前回は名乗ってないいんじゃないかな？　ほんとに赤ちゃんだったし」

潤の言葉に客人は、「そういえばそうだったな」とほほ笑む。

恐竜遺伝子を持つ竜人が、人間社会に適応する方法を学ぶ教育機関、私立竜泉学院を訪れた『彼』は、スピノサウルス竜人——汪束蛟《おうつかみずち》。

かつて潤をさらって可畏と激闘をくり広げた敵のひとりで、希少な水竜人の王でもある。

「慈雨、倖、こちらはスピノサウルス竜人の汪束蛟……さんだよ。蛟さんとか、汪束さんとか、いえそう？　ちょっとむずかしいかな？」

「んー、んー、おーしゃん？」

「おーしゃ？　おーしゃん？」

話すことにまだ慣れていない子供たちは、聞いた音をそのまま発音しようと頑張っていた。ちゃんとできているか確認するため、慈雨は青い目を、倖は琥珀色の目を向けてくる。

「オーシャンって聞こえるけど、海王だから合ってる気もする」

潤が笑うと蛟も笑い、双子を抱いている可畏だけが冷めた顔をしていた。

それでも可畏の本音はよくわかる。立場上、蛟の前でやわらかな表情などできないだけで、我が子を見る目は優しい。子供たちが初めて蛟に会ったときは、挨拶をしたり名前を呼んだりなど到底できない幼さだったことを思い返し、その成長をしみじみと感じている目だ。

「おーしゃん、おっきーお！」

風向きが変わったのは、慈雨のその一言だった。

慈雨が見ているのは人型の蛟ではなく、その背後に浮かび上がる恐竜の影だ。今はグレーの影にしか見えないが、変容したときの蛟は、青い表皮のスピノサウルスになる。

背に棘突起《きょくとっき》の帆があることと、世界最大のクジラを超える超進化型巨大生物であることを除けば、ほとんどワニに近いビジュアルだ。

とにかく大きく、四つ足で歩くため体高こそ低いものの、体長は可畏のティラノサウルス・レックスを上回る。

基本は魚食だが、『地上最大の肉食恐竜』という見方もできるため、その地位を争うティラノサウルス・レックスの可畏の前で、「大きい」は禁句だった。

「え、ええっと……事前に伝えた通り、今日来てもらったのは相談というか、アドバイスとかもらえたらなって思って。実は先日、慈雨が好むミルクの温度がやっとわかったんだ」

「ああ、冷たいミルクを好むタイプだったか？」

「うん、そうなんだ。水竜人にもいろいろと個体差はあるのか？」

可畏の機嫌を損ねないよう、潤は急いで本題に入る。

それを受け、蛟も早速慈雨に注目した。

慈雨は父親の可畏に似た浅黒い肌と、潤以上に明るいブロンドを持つ碧眼《へきがん》の美乳児で、蛟と同じ水竜人と目されている。

厳密には異なる点もあるが、水棲《すいせい》竜人寄りなのは間違いなかった。

「個体差はもちろんある。温かいミルクを好む子もいれば、氷のようなミルクを好む子もいて、食いつきを見ながら判断するしかない。早いうちに好みがわかってよかったな」

「うん、まあなんとかわかったからよかったけど、俺はつい人間的な感覚で接しちゃうから、赤ちゃんに冷えたミルクを飲ませるなんて考えられなくて。お腹《なか》を壊すと思い込んでたんだ」

「人間も陸棲竜人も、人肌温度のミルクを好むからな。そう思うのも無理はない」

蛟は慈雨に向かって、そっと手を差し伸べる。

やわらかなブロンドを梳《す》きつつ、小さな頭をなでた。

なにか通じるものがあるのか、慈雨は青い目を丸くして、人型の蛟を見たり、彼が背負うスピノサウルスの巨大な影に目をみはったりする。

人としての蛟は、学ラン姿に短いアッシュブロンド、灰色を帯びた青い目を持ち、背も高く体格もよい二枚目だ。造作が整っているのはもちろんのこと、どこかもの憂げな雰囲気で人を惹《ひ》きつける魅力がある。

「ミルクの件でいろいろ思うところがあって……少し育った子供たちに、また会ってほしいと思ったんだ。慈雨だけじゃなく、倖にも。倖は孵化の際に海水で溺れたし、陸棲竜人で間違いないとは思うけど……蛟と同じ卵生なのは確かだから、なにか気づくことがあったら指摘してほしくて」

子供たちと同じ卵生の蛟の意見を聞きたかった潤は、それが叶《かな》ったことを心からよろこんでいた。

可畏の手前、蛟に頼るのは緊急時のみにして、なるべく接触をひかえるべきだと思っていた潤にとって、今の可畏の寛容さはありがたい。彼もまた子供の安全を重視しているため、蛟から情報を得ることをやぶさかではないと考えていた。

「おーしゃん、おっきー、おっきーお！」

「慈雨、そんな……何度もいわなくていいから」

「慈雨、お前はこんな、どう見てもワニみたいな恐竜が好きなのか？」

「んっ、しゅき！　ジーウしゅきよ！」

無邪気に笑う慈雨は、キラキラと輝く瞳で蛟の影を見つめている。

陸棲竜人の頂点に立つティラノサウルス・レックス竜人である可畏にとって、我が子が水棲竜人の特徴を持っているのは、決して愉快な話ではなかった。

それでも可畏は、慈雨と倖を分け隔てなく愛している。

そんな可畏の心を乱してほしくない潤の気持ちをよそに、慈雨は「おっきねー、おーしゃん、おっきーお！」と、蛟に明らかな憧憬《しょうけい》を向けていた。

「慈雨、もうわかったから……ちょっと黙ろうか」

「潤、俺はなにも気にしちゃいねえ。同じ性質の竜人の中で、デカい奴《やつ》にあこがれるのは至極当然のことだ。慈雨が水棲寄りの竜人である以上、こればっかりはどうしようもねえ」

「可畏……」

慈雨は「おーしゃん、だっこ！」とまでいいだして、蛟に向かって両手を伸ばす。

求められた蛟は慈雨を受け止めようとしていたが、可畏の手つきには迷いがあった。

過去に敵対していた竜人の中で、可畏が我が子を抱かせたり預けたりするのは、クリスチャン・ドレイクとリアム・ドレイクのふたりだけだ。

クリスチャンは可畏の実父で、雌雄同体のリアムは弟とも妹ともいえるため、協力関係にある今となってはさほど抵抗がないらしい。

しかし蛟は赤の他人だ。

「慈雨を抱っこしても、構わないか？」

慈雨が「だっこ、だっこ！」とねだる中、蛟は可畏に問いかけた。

現在では蛟と協力関係にあり、傘下に入れたも同然とはいえ――やはりいろいろと気になるらしい可畏だったが、「好きにしろ」と慈雨を渡す。

「あ……やっぱり重いな。水竜人ならではの重さだ」

潜水のために骨密度が高く、見た目よりも重い慈雨を、蛟は両手でしっかりと抱き止めた。

抱き慣れているのが一目でわかる抱き方をして、慈雨と笑みを交わしている。

「赤ちゃんを抱っこするの、慣れてるんだな。なんかすごく安定してて上手だ」

「水竜人は一族みんなで子育てするからな。赤ん坊には慣れてる」

「おーしゃん、じょーずね。じょーず！」

慈雨は蛟に抱かれて上機嫌になり、童謡『ぞうさん』の替え歌を歌いだす。「ぞうさん」が「おーしゃん」になり、長いのは鼻ではなく口になっていた。

「慈雨、すごいな……替え歌が歌えるなんて」

「ああ、素晴らしい知性だな。これまでたくさんの子供を見てきたが、こんなにかしこい子は見たことがない。それに幼いながらにすごくいい声で、歌が上手いな」

潤と蛟が慈雨をほめたたえていると、可畏が徐々に眉をゆがませる。

相変わらずもじもじと恥ずかしがっている倖に向かって、「倖、お前もなにかしゃべっていいんだぞ。お前の知性は慈雨に引けを取らないものだ、遠慮しなくていい」と声をかけた。

慈雨が自分の子であることは重々承知していながらも、陸棲竜人の代表として、水棲竜人に負けられない気持ちが働いたらしい。

「んー？　コーも？」

「ああ、倖も慈雨と一緒に歌うか？」

可畏の問いかけに、倖は首を左右に振った。

歌いはしないが可畏にうながされるまま口を開け、なにかしゃべろうとする。

慈雨を抱いている蛟を見上げて、「おーしゃん」と声をかけた。

倖が見ているのは蛟が背負うスピノサウルスの影ではなく、人型の蛟自身だ。

めずらしいアッシュブロンドや、灰色を帯びた青い目をまじまじと見つめてから、「おーしゃん、ちゅき」と口にするなり、白い頬をぽうっと赤らめる。

あげくの果てに「きゃっ」と小さく叫んで、可畏の胸に顔を埋《うず》めた。

「え、ちょっと……なに、どういうこと？」

戸惑う潤の目の前で、可畏の顔色が見る見るうちに変わっていく。

頭に血が上って顔が赤くなり、こめかみには太い筋がメキッメキッ……と音を立てるように浮き上がっていた。倖の抱き方まで変わって、絶対に離すものかとばかり、小さな体を両手でがっしりとホールドしている。

そんな可畏の姿を見ていると、潤の血の気は一気に引いた。

「可畏、落ち着いて。子供のいうことだから」

「お前に、うちの息子は渡さないからな」

「そんなに心配しなくても、可愛いからってさらったりしない。それに、子供にとっては自分の父親が一番だ。そうだろ？」

蛟が慈雨に問いかけると、慈雨は可畏と蛟の顔を交互に見て考え込む。

十分に比較して納得した様子で、「んっ、パーパかっちょーいよ！」と自信満々に答えた。

「慈雨……」

感極まる可畏の胸元では、倖がもぞっと顔を上げる。

「パーパ、しゅきしゅきよ。ちゅーきっ」と告げたかと思うと、それだけでは飽き足らずに、「チュウー」と声に出しつつ可畏の右頬にキスをする。

「――倖……」

可畏は魂を抜かれたように立ちつくし、倖を抱きしめながら息を詰めた。

目がうるんでいるのを気づかれまいとしていたが、潤にはすべてわかってしまう。

「……ええっと、俺は今日ここになにをしに来たんだったか」

「あ、そうだった。慈雨の養育に関するアドバイスを……」

「ああ、そうそう、そうだったな」

「なんか話がそれちゃったな」

ははは、ははは……と、気まずい笑い声が、寮の一室にひびき渡る。

窓の外の雨足は強くなっていたが、幸い血の雨は降りそうになかった。

暴君竜とジャングルの王者

可畏《かい》が学院の敷地内に屋外遊技場を作る計画を立ち上げたのは、二月のことだった。

緑豊かな森を木の壁で完全に包囲し、監視カメラを設置して立ち入りを制限した、いわゆるアスレチックジムだ。子供たちが育って必要がなくなったら一般の児童にも開放する予定だが、今のところは慈雨《じう》と倖《こう》のためだけに存在している。

「マーマ、パーパ！　ターサン、ターサンよ！」

卒業式を終えた三月下旬、可畏は潤《じゅん》と子供たちをアスレチックジムに連れていった。

初めて見る巨大遊具の数々に慈雨は大はしゃぎだったが、倖は「しゅごねー、おっきねー」と感嘆するばかりで、すがりついたまま離れない。

見慣れないものを前に、ひとまず様子を見る慎重さが倖にはあった。

一方で潤が抱いている慈雨は、ターザンロープを指さして、「ターサンらよっ！　ジーウね、ターサンすゆ！」と飛び下りそうな勢いだ。

「うわっ」とよろめいた潤は、すかさず慈雨を押さえ込む。

「おい、大丈夫か？　こっちに寄越せ」

「大丈夫だって。可畏と比べたらヒョロヒョロだけど、女の子じゃないんだから」

可畏から見れば華奢《きゃしゃ》な潤だが、その言葉通り、人間の日本人男子としては人並み程度の力は持っている。身長も平均を少し超えていた。モデルデビューを控えて筋トレに励んでいるので、バスケをやっていたころと同じくらい引きしまって体力もついたらしい。

「随分と頼もしくなったな」

「母は強しだよ。そもそも世のお母さんは、子供ふたりを同時に抱っことかしてるんだから」

潤がそういって笑うと、慈雨はウンウンとうなずいてから潤を見上げる。

ミルクを入れた珈琲《コーヒー》のような色の手を伸ばし、「マーマ、ジーウだっこちて、えらーね」と、潤の頭をなでていた。

「慈雨を抱っこすると偉いんだ？　ほめられちゃったなー」

「ん、えらーよ。いっぱいだっこよ」

「いっぱいかー、そうしたいけど慈雨くん重いからなぁ、いっぱいはときどきかな」

慈雨はブロンドにおおわれた頭を斜めに向けて、「んー？」とむずかしい顔をする。

理解できないなりに、「いっぱいよ、いーっぱい」と要求していた。

水竜寄りの慈雨は、倖と同じ大きさでも二倍近く重いため、大好きな『マーマ』の抱っこを弟の倖にゆずることが多い。我の強いところもあるものの、立派な兄だ。尊敬できない愚兄が大勢いる家に末子として生まれた可畏は、そういう意味で慈雨を高く評価していた。

「慈雨、なにから遊ぶ？　やっぱりターザンみたいなアレ？」

「んっ、あれ！　ターサンらよ！　ジーウね、ターサンすゆの！」

「うんうん、ターザンの映画観たばかりだから、ちょうどよかったな」

潤はそういってターザンロープを指さし、「アレって名前とかあるのか？」と訊いてきた。

「ターザンロープだ」

「え、マジで？　ターザンロープ？　それが正式名称？」

「見たまんまだろ」

「う、うん……見たまんますぎる」

「ターサンオーップ！　ジーウ、アーアアーすゆ！」

「よーし、じゃあ俺が慈雨を抱っこしながらスチャッと渡ろう」

「それは危ねえだろ」

「大丈夫だよ。御丁寧に命綱みたいなのついてるし、抱っこベルトも使うから」

慈雨が真っ先に興味を示したターザンロープは、約三十メートルのワイヤーの端から端を、滑車つきのロープにつかまって行き来する遊具だ。

長さも地面からの高さも本格的なもので、しっかりと転落防止ネットが張ってある。ロープの末端は玉状に結んであり、その上に木製の円盤がついていた。

潤は「俺こういうの結構好き！」と声を弾ませ、ターザンロープの階段に駆け寄る。子を持つ親になったにもかかわらず童心に返ったのか、木漏れ日の下で少年のような笑みを浮かべ、白い歯を光らせた。

その腕に抱かれている慈雨は奇声に近い声を上げ、「アーアアーッ！」と叫んだかと思うと、両手を前に突きだしてロープをつかむポーズを取る。遊ぶ前からターザンになりきって、「ジャングーのオーチャ、ターサン！　ジーウはターサン！」と宣言した。

「マーマとジーくん、ターサンすゆのね？」と倖が目を輝かせる。

「ああ、ふたりでターザンごっこをするらしい。倖もするか？」

「んー……コーも？　パーパといっちょ？」

「もちろん一緒だ」と答えると、倖は安心した様子で、「すゆっ！　コーねー、パーパとターサンすゆの」とほほ笑んだ。

倖の肌の色は潤に似て白く、目は琥珀色だが、髪の色だけは可畏ゆずりの黒だ。顔立ちも自分の幼いころに似ていて、種族的にも同じ陸棲竜人と目されている。性格は温厚で我慢強く、心を穏やかに整えてくれる天使のような美乳児だ。

「じゃあ一発目、行ってきまーす！　倖くん、すぐ戻るから待っててね！」

慈雨の体を抱っこベルトで固定した潤は、ターザンロープについた安全ベルトを腰にはめ、思いきりよく飛びだした。

ワイヤーと滑車がシャーッと音を立て、ふたりの体が離れていく。

潤は野性的に「ウォーッ！」と叫び、慈雨は「アーアアーッ、アーアアーッ！」と、ターザンらしい雄叫《おたけ》びを上げる。小さな手をロープにそえ、すっかりその気になっていた。

「速い！　なにこれ速い！　ヒャッハ――ッ！」

慈雨以上に歓喜している潤に、思わず笑ってしまう。

倖も「マーマ、しゅごーね！」と笑顔でおどろいていた。絶叫していてもピンチではないことを察しているらしく、「マーマおゆーぎ？　たのしーの？」と確認してくる。

「ああ、お遊戯だ。大人も遊ぶときは遊ぶし、たのしいとああいう声が出たりする」

「マーマ、おくちおっきーく、ちてるね」

「潤があんなデカい口開けてるのめずらしいよな」

「んっ、マーマのおくち、きょおゆのパーパらねー」

「潤の口が、恐竜に変容した俺の口に似てるっていいたいのか？」

「ん、おそろよ」

それはいいすぎだろ――と思ったが、「ちょっとな」と苦笑した。

そうこうしている間に潤は反対側に到着し、間髪いれずに足場を蹴る。

「倖くーん！　今から戻るよー」

潤の声に続いて慈雨も、「アーアアーッ！　コーたーん！」と声を上げた。

潤は運動神経がよいので、足先をまっすぐにこちらに向けてバランスを取り、速度が落ちることもなく速やかに戻ってくる。さらに興奮して「最高ーっ！　これすっごい気持ちいい！風を切るっていうか、マジでターザン気分！」と目の色を変えていた。

「お前にそんなにウケるとは意外だったな」

「やー、だってすごいたのしくて」

笑顔で息を乱す潤の胸元で、慈雨はなぜか首を横に振っている。

口は『へ』の字に、眉は『ハ』の字になり、どうやら不満を訴えているようだった。

「慈雨、どうした？　潤に遊んでもらったのになにが不満なんだ？」

「ターサン、ジーウらもん！　マーマはチェーンよ！」

「チェーン？　ああ、ジェーンのことか？　それじゃお前の妻が潤になるだろ」

「ちゅま？　んー……んー？　マーマはジーウのらよ！」

慈雨は妻の意味がわからないながらに潤の肩にすがりつき、自分こそがターザンで潤はその妻だと主張する。

笑うしかない潤が、「じゃあ可畏はなに役？　俺がジェーンなら、ターザンは可畏しかいないと思うんだけどなぁ」というと、慈雨はさらに激しく首を振った。

「パーパはゴリラらもん！　ターサンはジーウなの！」

「ゴリラ……え、それじゃ可畏より慈雨のが強くなっちゃうよ」

「んっ、いーの。パーパはゴリラ、コーたんはゴリラのあかたんらよ」

「そりゃひでえ配役だな」

あまりのひどさに笑うしかなく、好き放題いっている慈雨の額を指先でつつく。

ほめるわけにはいかないが、叱る気もしない無邪気さに頬がゆるんだ。

他の誰かがいったら半殺しにしたくなるようなことでも、我が子がいうと可愛くて可愛くて、不思議となんでも許せてしまう。

「慈雨、慈雨がターザンになるのは全然いいけど、慈雨のジェーンは俺じゃないからな。俺は慈雨のママにはなれても、奥さんにはなれません。俺のターザンは可畏だけです」

潤はきっぱりと訂正すると、腕に手を回してくる。

背伸びをして、子供たちに見せつけるように顔を近づけてきた。

「ターザンの妻は悪い奴にさらわれるんだったな」

頬にキスをしてきた潤を、自分からもぐいっと引き寄せる。

「うん、もしさらわれたときはよろしく」

すでに何度もさらわれている潤は、「もう絶対嫌だけど」と眉をひそめる。

事が起きてから対処するのではなく、さらわれないよう万全を期すと誓ってはいるが、この場での返事は一つ――「任せておけ」だ。

組織からの出頭要請はすでに来ており、期限が切れたらどうなるかわからないが、邪魔する敵が現れれば、必ずや倒して家族を守る。

潤にも子供たちにも、決して手を出させない。

「頼りにしてます、旦那様」

潤の言葉に、ふくれっ面だった慈雨が顔を上げる。

なにか感じるものがあったのか、「たおりにちてます！」と真似《まね》するまではよかったが、さらに続いた一言はいただけなかった。

「パーパ、つおーいゴリラらね！」

「——結局ゴリラなのか」

「ん、ゴリラらよ！」

得意げな慈雨の言葉に、潤はププッとふきだし、倖まで一緒になって笑いだす。

可畏はこめかみを引き攣《つ》らせつつも、やはり叱れずに目を細めた。

暴君竜の春休み

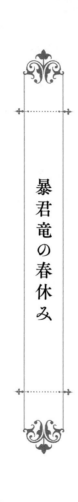

私立竜泉《りゅうせん》学院高等部を卒業した潤《じゅん》は、可畏《かい》とともに、慈雨《じう》と倖《こう》を連れて実家に来ていた。母親の退院祝いと、ふたりの卒業祝いを兼ねた会食の予定だったが、子供たちを連れていく時点で主役は変わっている。

「あらやだっ、慈雨くんのミルク冷たいじゃない。潤、こんなの飲ませてちゃダメよ。粉ミルクはお湯で溶かして、人肌に冷ますのが常識でしょ。まさかそんなことも知らないで赤ちゃん育ててるわけ?」

気づかれないようリビングの隅でこっそりミルクを飲ませていた潤は、ぬっと現れた渉子《しょうこ》から要らぬ指摘を受ける。慈雨を支えつつ絨毯《じゅうたん》に座り込んでいたので逃げるに逃げられず、バッグの中の保冷材まで暴かれてしまった。

「なにこれ、信じられないっ。寮で作ってきてわざわざ冷やしたわけ?」

「いや、これはその、なんというか、慈雨は冷やさないと飲まないんだよ。好みの問題と、そういう体質みたいで……しかたなく」

「はあ?　お腹《なか》壊したらどうするのよ!」

ハーフの父親ゆずりの潤とはまったく似ていない日本的な母親――渉子は、見た目は若いが中身はいわゆる普通のオバサンで、いいたいことはハッキリいうタイプだ。

父親の死後、ややヒステリックな母親と二つ違いの妹にはさまれて育った潤は、女性陣との口論をさけて適当に流してばかりいた。でも子供のことはさすがに引けない。

水竜寄りの性質を持つ慈雨は、人間の子供とは大きく違う点がいくつもある。

こういった指摘も一応想定内だった。

そもそも慈雨が飲んでいるのは人間用の粉ミルクではなく、動物園などで使われる海獣用の粉ミルクだ。アザラシなどが好んで飲むそれである。しかも慈雨はキンキンに冷やしたものを好み、冷たいグラスでビールを飲みたがるサラリーマンのように、哺乳ビンまで冷やすと大よろこびする。

「慈雨はちょっと変わってて、本人の望み通りに育てることにしてるんだ。丈夫だし、見ての通り健康そのものだから心配ないよ」

「心配ないよじゃないわよっ。いくら子供が望んでも、体に悪いことさせちゃダメっ」

うわ、まだやる気なのか。ここからさらにヒートアップする予感——と辟易《へきえき》しながら、「栄養摂《と》らせるのが最優先だし」と、少々投げやりに反論する。

「じゃあ大きくなって、おやつしか食べたくないって望んだらその通りにするわけ？」

「いや、そういうわけじゃないけどさ」

「バーバ、ジーウ、ミークしゅきよ。あのね、ミークちべたーれしょ？　うまーれしょ？」

なにをいわれているのか察したらしい慈雨は、哺乳ビンからチュポンッと口を離し、冷たいミルクはうまいと主張した。

助け舟にホッとした潤だったが、赤ん坊の主張に負ける渉子ではない。

「慈雨くん、ダメよ。そんな小さいうちから冷えたミルクなんて、ポンポン痛い痛ーいになっちゃうわよ」

だから……絶対痛くならないんだってば。慈雨は水竜寄りの竜人だし……一日に何度も冷たい海水に浸《つ》かってるくらいだから——といえないもどかしさに押し黙る。

子育てに関しては絶対的に先輩だと自信を持っている渉子の小言は止まらず、まともに聞いているとストレスになるので右から左に流すしかなかった。

「ママ、そうやってガミガミいうのやめなよ。子育ての常識は時代によって違うんだから」

義理の母親——に等しい渉子に口答えできない可畏に代わって、母子の間に割り込んだのは妹の澪《みお》だった。

「それに慈雨くんも倖くんもNASA絡みの特殊な赤ちゃんなんだし、うるさく口出すと連れてきてもらえなくなるよ」

潤が家を出て以来、急に大人になった二つ年下の妹は、絨毯に腰を下ろして慈雨の顔を覗《のぞ》き込む。目線を合わせてから、「慈雨くん、冷たいミルクおいしい?」と、母性すら感じさせる笑顔で話しかけた。

「んっ、ちべたーミークおいちーよ!　ミーたん、のむ?　ジーウのミークのむ?」

「ううん、自分の飲みものちゃんとあるから、大丈夫だよ。ありがとね、慈雨くん」

「ジーウね、ミーたんのオッパイのむお！」

女子高生の身で突然叔母さんになった澪が、兄の目から見て「誰コイツ」というレベルで優しいお姉さん風に擬態していたところに、慈雨がいきなり頭から突っ込んでいく。

「オッパイ！　おっきーお！」

「きゃあぁぁ——ッ！」

日本的な美少女でありながら巨乳の澪は、今日もまた慈雨の犠牲になってしまう。

哺乳ビンを潤に向けてポイッと放った慈雨は、ふくらみに顔面アタックをして額をぐりぐりと押しつけた。さらにミルクよだれをすり込む。

その勢いに澪のカットソーは着崩れ、肩がずるっとあらわになる。ピンクのレースがついたブラジャーのストラップまで見えてしまった。

「もうやだっ、またさわられたぁ！　慈雨くん完全にオッパイ星人じゃん！」

「慈雨！　さわっちゃダメだろっ。今日は絶対さわらないって約束したよな⁉」

潤が引きはがすまでの数秒間、慈雨は胸の谷間でスーハーと深呼吸する始末で……潤がきびしく叱ってもけろりとしている。

それどころかカフェオレ色の両手を上げて、きらきら星の要領で手首を振った。

「ジーウ、さーってないおー」

「……は？　なにそれっ、手を使ってないからさわってないって!?　屁理屈《へりくつ》だろ！」

身内が相手だからまだいいものの、我が子ながらオッパイが好きすぎて、しつけ通りにいかないことが恥ずかしいやら情けないやら……潤は頭にカーッと血が上るのを感じながら、慈雨を羽交い絞めにして「悪い、マジで」と妹に謝った。

「すみません、うちの長男が迷惑かけて」

日当たりのよい窓際にいた可畏が、倖を抱きながら近づいてくる。

遠巻きに見ているだけでは済まなくなった可畏は、大きな体でひざを折り、渉子と澪の前に座ってふたりを交互に見た。

「寮には女性がいませんし、美人に囲まれて興奮してるんだと思います」

「あらまあ、美人だなんて……そんな。潤を見慣れてる可畏くんがいうと説得力ないわ」

「ちょっとママ、その謙遜の仕方は変だって。身内をアゲすぎでしょ」

相変わらずおかしい母親と、やはり大人になった感のある妹を見ながら、潤は屁理屈を覚えた長男坊にゲンコツを食らわせる。

もちろんフェザータッチのゲンコツだが、悪さをしたと認識させる効果はあった。

「慈雨っ、澪に『ごめんなさい』しなさい。服にミルクついちゃったし、慈雨は澪に悪いことしたんだよ」

「んージーウね、オッパイしゅきお。れもね、ミークちゅいちゃたし、めんねするお」

慈雨は首をすくめながら、澪の服にミルクをつけたことは反省し、ピンポイントで謝る。胸は好意的な気持ちでさわったので、自分はまったく悪くないと思い込んでいる孵化後約一ヵ月半の乳児を相手に、これ以上くどくど叱れなかった。

「まあいいじゃない、減るもんじゃないし。しつけは必要だけど、男の子は元気が一番よ」

「減らなくてもさわられたくないの。倖くんは女の子みたいにおとなしくて、人が嫌がること全然しないのに。慈雨くんは……」

慈雨と同じ兄の立場の潤が聞きたくない、「お兄ちゃんなのに」「お兄ちゃんでしょ」が出そうだったが、澪は言葉を引っ込め、ただひたすら倖をほめ続けた。

可愛《かわい》くておとなしくていい子だとくり返し、可畏に抱かれている倖の頭をなでる。

「ミーたん、あのね……コーね」

「うんうん、なあに倖くん」

倖は可畏にしがみつきながらも澪の肩を指差し、にっこりと笑う。

「ピークのふりふり、しゅき。かあいねー」

「う、あ……ス、ストラップ？　見えてた？」

「ん、ピークのふりふり、めーたの」

うふふっと天使のほほ笑みを浮かべる倖に便乗して、慈雨が「もっかい、もっかい」とブラジャーの再披露を要求する。

渉子は「男の子ねぇ」と笑い、澪は「もう嫌ーっ！」と悲鳴を上げ、可畏はまたしても「申し訳ない」と謝って——潤はもう、この平和な騒動に苦笑するばかりだった。

日が暮れる前に学院に戻り、疲れて早く眠った子供たちを横目に、可畏とベッドでグラスを交わす。微炭酸のミネラルウォーターを、取って置きのグラスで飲んだ。ミントと絞り立てのレモン汁で味をつけてある。

沢木《さわき》家に行くと、可畏はなんとなく娘婿のような立場になるので、途中で気疲れしたり早く帰りたくなったりしてないかな……と心配になるが、当の本人は今回も上機嫌だった。

「肩こったりしなかったか？　人間にまぎれて人間の振りしてるだけでも疲れるよな？」

「いや、べつに。人間の振りは普段からだ。今だってしてるだろうが」

「それはそうなんだけど、竜人だってことを知ってる相手の前で人間でいるのと、それを知られちゃいけない人たちに囲まれてるのじゃ緊張感が違うだろ？」

「その緊張感よりむしろ、お前の母親や妹に嫌われないよう好青年でいるほうが緊張する」

「マジで？　なんかほんと、娘婿みたいだな。息子婿だけど」

そういうと可畏は口角を上げ、慈雨と倖の寝顔を眺めながら目を細める。

愛があるとはいえない環境で育った可畏は、潤の家族を大切にしていた。

沢木家に理想の家族愛を見いだし、その一員になりたがっているといっても過言ではないだろう。人間を捕食対象にする肉食恐竜の竜人で、日本有数の資産家の御曹司でありながらも、可畏は小さな幸せに価値をみいだしている。

「可畏は俺にとって自慢の彼氏なわけだけど……子供たちや澪にとっても、自慢のパパとか義理の兄って感じだよな。母さんにとっても自慢の息子婿だし」

「自慢だらけだな」

「うん、だって自慢にしかならないし」

褒め言葉がするすると、心の底から押しだされるように出てくる。

今日の出来事を思い返すと自然とそうなった。気を遣って持ち上げているわけじゃない。

退院したばかりの渉子に負担がかからないようケータリングを利用した可畏は、自分好みの店や支配下の料理人は使わずに、渉子が勤める料亭にすべて任せてくれて——そこからすでに完璧だった。ボディーガードや運転手の分まで用意させ、最上級の料理をたくさん頼むことで渉子の顔が立つようにした。急な入院で店に迷惑をかけたことを渉子が気にしているのを知り、少しでもフォローになればと考えてのことだ。

こんなに気がきく彼氏を持って、自慢に思わないわけがない。

「今日はたのしかったな。母さんもよろこんでたし、豪華弁当もおいしかった」

「お前の弁当にはうまい肉もアワビもサザエも入ってなかったけどな」

「だからいいんだって、俺はあれでいいの。母さんもおいしいおいしいって食べてたし、澪も太っちゃうとかいいながら完食だったたな。ほんといい感じの退院祝いができてよかった。ただ、慈雨のオッパイ好きには参ったけど……あれさ、他の人にやられたらマジで困るよな」

顔をしかめながらいうと、可畏は「ん？　そうか？」と曖昧な返事をする。

可愛い我が子が胸元に飛び込んできて顔をこすりつけてくる状況を想像し、思わず口元がほころんでしまうようだった。

「可畏がよくても、よその女の人は困るって。あ……それはそうと、今日ふと思ったんだけど、可畏ってさ……俺を無理やり転校させたりＳＭまがいのことさせたり、いろいろ無茶するわりには……ブラジャーとか女物の下着とかヅラとか、そういうの求めないよな」

「──女装ってことか？」

「うん。俺こういう見た目だから学祭とかあると女装してっていわれてさ。彼女いてもそんなだったから、男とつき合ってる今は求められないってのが、なんか新鮮」

「させるわけねえだろ。わざわざ嫌いなもんに変装させる意味がねえ」

先ほどとは違い、今度は即答かつ明答だった。

潤は酸っぱい炭酸水をちびりと飲みつつ、可畏の女嫌いを改めて認識する。

ティラノサウルス・レックス竜人は雄より雌のほうが強くて地位が高く、可畏は生まれた瞬間から母親に虐待されてきた。

最終的には自ら母親を咬《か》み殺してしまったほど、最悪な親子関係だったのだ。

だからこそ可畏は、渉子に世間一般の母親像を求めているところがある。

「そうだよな、そもそも女装する必要ないし。ふたりでラブホに行くとかなら別だけど」

うっかり可畏の地雷を踏んだことにあせった潤は、爆発をさけて素知らぬ顔で迂回《うかい》する。

「ラブホってのは男同士じゃダメなのか？」

「あ、うん。大丈夫なとこもあるらしいけど、俺が行ってたとこはダメだった。『男性のみの利用は御遠慮ください』とか書いてあって」

「高校生の身でラブホに行ったのか？」

意外な反応に別の地雷を踏んだかとひやりとしたが、可畏は特に不機嫌ではない。

普通に、かつ本気でおどろいている様子だった。

それこそ高校生の身で寮をハーレム化し、美少年をはべらせていた男がなにをいまさら、といいたいところだが、可畏にとってラブホテルは未知の領域らしい。

「う、うん……まあ、彼女とかいれば行くよ。俺、相手の家に上がり込んでするの嫌なんだよ。漫画とかでありがちなんだけど、『今日うち親いないんだー』とか誘われて、最中にその子のお母さんが帰ってきて、『体調悪くて早退しちゃったー』とか『パート早くあがれたの』とかいって鉢合わせするの絶対嫌じゃん？　だからサービスタイム利用してラブホ行ってた。割り勘なら安いし」

子供たちがスピースピーと寝息を立てる横で、声量をひかえつつ転校前の性生活を語る。

あのころはセックスに関して淡白で自分から誘うことは一度もなかったな……と思うと、今の自分の熱量に幸せを感じたが、隣にいる可畏の顔は見る見る強張《こわば》っていった。

「あ、ごめんっ……他の人とのこと語るとかルール違反だよな。特定の子の話じゃなく、なんていうか、習慣的な話で」

「いや、俺が訊《き》いたんだから構わねえ。ただ、俺が足を踏み入れたことがない場所にお前が何度も行ってるのが気に食わねえ」

「え……そこ？　可畏は二桁くらい違う一流ホテルを利用できるし、寮でなにしても誰にも咎《とが》められないんだからいいじゃゃん」


いいじゃんというより、可畏には庶民的なラブホになんて行ってほしくないし、未知の領域で結構ですから――といいたくなる潤に構わず、可畏は悶々《もんもん》とけわしい顔をする。

片眉をキッと吊《つ》り上げ、熟睡中の子供たちの寝顔をしばし見据えたかと思うと、いきなり手首をつかんできた。

「よし、今から行くぞ、ラブホ。卒業しても三月中は一応高校生だ。最後に高校生らしいことをしておく」

真顔でいわれて言葉を失い、潤は「えーと」以外はなにもいえなくなる。

どこからどう突っ込んでいいのかわからず、笑いをこらえているうちにさらわれてしまった。

すでに卒業した高等部の制服に着替え、可畏とともにキャンピングカーに乗り込む。

行き先は国道沿いの有名なラブホテルだと聞いていたが、詳しいことはわからなかった。

潤が知っているのは小田急《おだきゅう》線の駅から徒歩圏内の激安ホテルだけで、特にリサーチしたこともなかったからだ。ラブホテルに有名も無名もないと思っていたが、女装用セット一式を用意してくれたスタイリストの男性から、「ＡＶやグラビア撮影にも使われるコンセプトホテルなんですよ」と説明されると、なんとなくイメージがわいた。

「まあなんてお綺麗《きれい》なんでしょう。さすがはモデルさん、メイクの必要なかったですね。お肌が透き通るように白くて綺麗っ」

「……きょ、恐縮です」

暗くて外の様子はわからなかったが、車はホテルのすぐ近くまで来たらしい。

潤はどこの学校のものでもない、冬物の白いミッション系セーラー服を着せられ、背中の真ん中まであるさらさらロングのウィッグを被《かぶ》せられた。

飴《あめ》色の地毛と比べると、少しばかり暗い亜麻色のストレートだ。前髪は人形のように一直線にそろえてあり、眉はおおむね隠れている。

「首と眉が隠れると性別不明になるんですね。ほんと、いわれなきゃわからないかも」

「はい。こちらは修道女の服から発想を得たデザインの制服で、ハイネックでスカートも長くて女装にピッタリなんです」

「そうですか……急な話なのにすごいですね」

内心げんなりしていたが、与えられた仕事をこなすスタイリストに罪はないので、表向きは感嘆して謝意を示しておく。

かたわらでは可畏がひとりで着替えており、なにを思ったのか学ランに袖を通していた。

「なんで、なんで学ラン？」

「一度着てみたかった」

「そ、そう……いや、べつにいいんだけどさ、ラブホ行くのに女装するのはわかるとして、なにも制服じゃなくたっていいだろ。だいたい制服だと入れないところがほとんどだし」

「制服姿でも入れるホテルをリサーチした。なおかつ、内装の凝った最上の部屋を選んでリザーブし、先に部下を手配して盗聴器その他が仕込まれていないか確認済みだ」

「はあ、そうですか。なんか、俺の知ってるラブホと全然違うんですけど。『高校生らしい』云々《うんぬん》はどこ行ったんだよ」

「高校生らしさのための制服だろうが」

「それはそうだけどさ」

ぶつぶつと文句をいいつつも、視線は可畏にくぎづけになる。

学ランを見ると蛟《みずち》を思いだすが、車内で仁王立ちになる可畏の学ラン姿は蛟とは違う貫禄《かんろく》があり、どきりとせずにはいられなかった。

準備が整ったところでキャンピングカーがホテルの駐車場に停《と》まり、ふたりで建物に入る。

フロントの人間の顔が見えなくなっているあたりは普通のラブホテルと同じだが、決定的に違ったのは天井と床だった。

水族館に来たのかと思うほど見事な水槽になっていて、頭上と足下全面がライトアップされている。中にいるのはクラゲだった。

ライトの色が変わるたびに、フロアの雰囲気も様変わりして見える。

「え、なにこれ……すごい。綺麗だなぁ、慈雨が見たらよろこびそう」

ここがラブホテルだということも、自分が女装していることも忘れて、広々としたフロアをくるくるとまわりたくなる。もちろんそんな子供のような真似《まね》はしないが、上と下を交互に見て、クラゲの舞いに目をみはった。

「予約した沢木可畏だ」

可畏はフロントに向かって堂々と名乗り、クラゲに見惚《みと》れていた潤は、「え、なに？　沢木、可畏？」と顔をしかめる。偽名はいいけど、婿入りみたいだな……といいたいのをこらえて、男だとバレないよう言葉を呑んだ。

「うけたまわっております。あちらのエレベーターで五階にお上がりください」

フロントの向こうから聞こえてきたのは、穏やかな中年男性の声だった。

顔は見えないものの、丁寧な口調やルームキーの渡し方で、客をもてなすホテルマンの心意気が伝わってくる。

「うーん、やっぱり全然違うというか、ああいうとこちゃんとしてていいな」

「ああいうとこ？」

可畏とふたりでエレベーターに乗る。クラゲ水槽でも豪華な調度品でもなく接客に感心していたのだが、可畏は潤がなにをいっているのかピンときていないようだった。

キーを放るように渡されたことも、誰かと電話をしながら「エレベーターあっちね」なんて雑に説明された経験もないのだろう。

「沢木可畏さん、やっぱお坊ちゃまだな」

「──あ？　なんだ？」

「いいえ、なんでもございません。エレベーター、大丈夫？」

「わりと広いから平気だ」

「よかった」

ふふっと笑いながら、潤はカップルらしく可畏と腕を組む。

ここまで来た以上は割りきってたのしむ気で、別々に暮らしている普通の高校生カップルを演じてみた。

　つき合いはじめから特殊な環境にあるので忘れがちだが、高校生は家の事情やふところ事情により、なかなかセックスできないものだ。久しぶりのラブホでうれしいという雰囲気を出さないと、なんだかもったいない気がする。

「お得意のぴと虫か？」

「ううん、あれはもっとこう、肩にスリスリ頭突きする感じ。これは普通にラブラブ」

「……よくわかんねえな」

　うれしいくせに——とはいわないが、本人が思っているより感情が顔に出ている可畏に、パット入りの胸をぐいっと押しつける。

　自分がやられると引きがちだったが、ついやりたくなる女の子の気持ちが今はわかった。照れさせたりよろこばせたりしたくて、いたずらな気分になるらしい。

「パット入れてても貧乳だな」

「あ、巨乳のがよかった？」

「いや、俺は貧乳主義だ」

「……うん、知ってる」

　竜人としての食欲は巨乳に向くらしいが、性欲は平らな胸にまっしぐらな可畏とともに、エレベーターを降りて部屋に向かう。

「おおっ、これは……すごいっ、学校の廊下だ。あ、教室がある！　黒板とか教卓とか！」

両開きの扉の向こうに待ち受けていたのは、昭和レトロな校舎の廊下だった。

右手に教室、左手には保健室がある。

平成生まれの自分には縁がない、昔ながらの木の机や床は程よい古さで、窓には時代感のあるガラスがはまっていた。

窓外はプロジェクターで投影された夕焼け色の校庭だ。

室内の照明には工夫が見られ、教室の中が西陽《にしび》に染まっている演出が上手《うま》く利いている。

映画や漫画の世界を再現したような空間におどろかされた潤は、「すごい」「すごい」とくり返しながら教室をひとまわりして、廊下に戻った。

左手にあった保健室に足を踏み入れ、白いカーテンで仕切られたベッドにびっくりする。

「え、ベッド……これ使うんだ⁉　まさかのシングル！」

「ああ、不自由さはあるが、学校の教室でも廊下でも保健室でも、好きな場所でたのしめる。レトロで逆に新鮮だろ？」

「なるほど。これは、メッチャたのしいかも」

いやしかし、竜泉学院の教室でも廊下でも保健室でも、可畏なら自由にやり放題だし、ありがたみ薄くないですか――と思わずにはいられなかったが、古めかしさが「逆に新鮮」なのは確かだった。

「わ、なんか意外と保健室がいいな。戸棚の中の薬のビンとか、ラベルが昭和感あふれてるし。

溶接されてて開かないけど」

「妙なところに興味を持つんだな」

「え、妙かな？　やっぱこう、ディテールにこだわり感じるとテンション上がるだろ？」

消毒薬のにおいがする保健室に感心しながら、ふと姿見に目を向ける。めずらしいものに興味を惹《ひ》かれてすっかり忘れていたが、鏡の中にもめずらしいものが映っていた。

「今ちょっとびっくりした……女の子がいて、一瞬誰かと……俺のようで俺じゃないよな」

「お嬢様学校の超高嶺《たかね》の花、潤子様だな」

「潤子様、他校の不良に食われるのか」

「俺のどこが不良だ」

「学ラン着崩してるとそう見えるんだもん」

夕陽が射し込んでいる風の保健室で、ハイネックの白いセーラー服にロングヘアの自分と、昔の硬派な不良感がある学ラン姿の可畏を客観的に見つめる。

自画自賛になってしまうが、いけない男に心惹かれた清楚《せいそ》な女子高生が、今まさに男の餌食になり、処女を奪われる寸前……というシチュエーションに興奮せずにはいられない。

——実際、処女……みたいなの奪われたし、可畏の強引なくせに実はさみしんぼなとこに惹かれたし、ちょっと悪い不良に惚《ほ》れちゃう潤子様の気持ち、わかるなぁ……。

もはや「ハハハ」と笑うしかなく、鏡の中の可畏に後ろから抱きしめられる。

「美人だな。ベジタリアンのうまいにおいがして、食欲も性欲もそそられる、最高の逸材だ」

「女装のままでも抱けそう？」

「いまさらなにいってんだ？　当たり前だろ。お前には違いねえし、それに……」

「それに？」

それに……のあとが続くことはなく、首筋に口づけられる。

続く言葉は想像するしかないかと思いきや、可畏は肌に当てた唇を開いた。

「もしもお前が女なら、俺の女嫌いは治ったかもしれねえな」

「おお、素晴らしい。それはアレですね……『性別を超えて愛してる』と。『男でも女でも、お前であればそれでいい』と、そういう熱烈なやつですね？」

ときめきつつも茶化すと、「もう黙れ」とすごまれて顎をすくわれる。

「――っ、ん……ぅ」

鏡の中の美少女が、強引な口づけを受けてとろける様を見つめながら――子供たちを預けてこんなことしてていいのかなぁと思わなくもなかったが……ギリギリまだ高校生の今は、可畏流の『高校生らしい』ひとときを堪能《たんのう》することにした潤だった。

暴君竜ファミリーの愛情記録

ガーディアン・アイランドに来て二日目の夜。

潤《じゅん》は可畏《かい》と並んでベッドに入り、子供たちを起こさないよう、静かに写真をチェックする。

写真といってもまだデータの状態で、プリントするのは帰国してからの予定だ。

「ユキナリに撮ってもらった写真、きわどすぎるな……水着が。俺の紐パンはポロリ寸前だし、子供たちは金太郎《きんたろう》状態であちこち丸出し。まともなの可畏だけじゃん」

文句まがいのことをいいつつも、正直な顔はゆるんでしまう。

翼竜リアムが選んでくれた水着は露出度が高すぎて、自分の写真に至っては削除したくなるものも多数あった。

子供の写真も、プリントしても他人様に見せられないものばかりだが、島の湿地帯の水場でキャッキャと遊んでいる我が子の写真は、すでに宝物になっている。

「あ、これいいな。子供たちしか写ってないし、ふたりともいい笑顔。隠すべきところはギリギリ隠れてるし、カメラ目線じゃないから自然体ですごく可愛い。これをプリントして母さんにあげよう。あとリアムにも」

「リアムにはそれでいいが、渉子《しょうこ》さんにはお前が入ってるやつのがいいだろう。孫は可愛くても、一番可愛いのは息子なんじゃねえのか」

「うーん、それはどうかわからないけど、俺の紐パン写真じゃ飾れないだろ。しかもこんな、今にも透けそうな白い紐パン」

「下の毛が黒かったら透けてたかもな」

「そうだよ、エロすぎるって。飾る以前に親や妹に見せられる恰好《かっこう》じゃないし、普段からこんなの穿いてるって思われたら困るから。なんかこう、生々しい想像されそう」

「——生々しい？　ああ、俺との行為か。人間の場合、親の前でやっていいのは軽いキスまでだったな。それ以上は想像させないよう気をつけなきゃいけねえな」

「え、ちょっと待って……キスもないって。うん、ないない」

「そうか？　結婚式ではするだろ」

「それは一生に一度とかの特殊な状況だから別っ。子供の前で両親が『いってきます』とかの軽いキスをするのは悪くないって聞くけどな」

「それもやっぱり軽いのか」

「うん、チュッてするくらい。子供たちにはチュッチュマンっていわれちゃうけど」

隣でスピースピーと眠っている子供たちをちらりと見てから、潤は可畏にキスをする。

本当にチュッと音のするキスをして、それだけでは足りずに額を押し当てた。

洗ったばかりの前髪を寄せ合うと、可畏の鼻梁《びりょう》が鼻先に当たる。

視界の隅で、カメラの液晶画面が自動的に消えた。

光源がルームランプだけになった寝室で、可畏の下唇をぱくりと食《は》む。

厚みがあって肉感的な唇を、かぷかぷと味わった。

「ちなみにこれは、親の前ではダメな域に入ってます」と忠告すると、「わかってる」と笑われる。

「明日……お前の体調がよければ、また車を出そう」

「いいな、もちろん子供たちも一緒だよな？」

「当然だ。明日は水着じゃなく日本から持参した服を着せて、花畑にでも連れていこう。倖は花が好きだし、いい写真が撮れるんじゃねえか」

「うん、そういうとこ行きたい。お気に入りだけを集めた慈雨《じう》と倖《こう》のフォトブックを作ろうと思ってるし、恐竜とか特殊なものは写り込まないようにして、いろんな場所で撮りたいな」

ハワイ諸島に連なり、地熱の高いガーディアン・アイランドは自然豊かで色鮮やかな花々も多く、いわゆる『映える』撮影場所の宝庫だ。

可畏の息子だけあって肝の据わった子供たちは、親が一緒ならどこでも大よろこびなので、絶景と最高の笑顔が撮れる予感に胸が躍る。

「お前の写真は俺が撮ってやる」

「じゃあ俺は可畏と子供たちを撮る。いつも撮ってるけど」

見つめ合ってふたたびキスをすると、ふと子供たちの寝息が変化した。

意識してずっと聞き耳を立てていたわけではなかったが、親の本能というやつなのか、ふたり同時に子供たちに目を向ける。

「あ……鼻ちょうちん。しかもダブル、ダブルで……っ」

隣で手をつないでいた双子の兄弟——明るいブロンドの慈雨と、黒髪と餅のように白い肌を持つ倖が、同時に鼻ちょうちんをふくらませている。

潤は小声で「カメラカメラ……」と大急ぎで子供たちにレンズを向けた。

「えぇっと、まず撮影モードにして……あ、間違えた。これ動画モードだ。や、むしろ動画で撮るべき?」

「ダメだ、もう遅い」

可畏が口にした瞬間、小さな鼻ちょうちんが音もなく弾《はじ》ける。

双子らしくふくらませるのも割るのも同時で、プピースピーと気の合う寝息を取り戻した。

「ああ……っ、せっかくのシャッターチャンスがぁ」

滅多に見られない可愛い姿を、静止画にも動画にも残せなかったショックに項垂《うなだ》れる。

「いつものカメラなら間に合ったのにぃ」と嘆かずにはいられない。

双子のどちらか片方ならともかく、ふたりそろってのレアな鼻ちょうちん。顔の角度も一緒で、背景は白いシーツのみ。寝間着も愛らしく、すべて完璧だっただけに逃したのは痛かった。

「目には焼きつけただろ。カメラで手いっぱいでろくに見れなかったか?」

「いや、そうでもないけど。でも撮りたかったな。もしちゃんと撮れてたら、フォトブックに入れたいとびきりの一枚になってた気がする」

「恥ずかしい写真が残らなくて、本人たちにとってはよかったかもしれねえ」

撮影の失敗を悔やむ潤は、特に惜しむ様子もない可畏の言葉に耳を疑う。

落ち込む自分を慰めてくれているのかと思ったが、どうやらそうではなく、本心からいっているようだった。

「それは、将来的にってこと？」

「ああ、あまり恥ずかしい写真を残すと大人になってからうらまれるぞ。まあ、鼻ちょうちんくらいは笑って済むんだろうが……どこまで許されるのか線引きはむずかしい」

「そっか、確かに反抗期が来たらそういうの嫌がるよな。今の感じから想像すると、慈雨は『俺たちすげえ可愛いー』なんてよろこびそうだし、倖はなんでもニコニコ許してくれそうだけど、親が愛情かけて育てたら絶対グレない、とはいいきれないもんな」

「倖がグレたら衝撃だな、俺は泣くかもしれねえ」

「うん、なんかわかる」

可畏と一緒に笑いながら、潤は子供たちの髪をなでる。

愛《いと》しいふたりの将来とともに、父親としてより頼もしくなる可畏の姿を想像した。

可畏は実父のクリスチャン・ドレイク博士に似ていくのだろうが、それは見た目だけの話で、彼よりもさらにもっと落ち着いた男になる予感がした。

かつては暴君竜らしい暴君だった可畏の未来を明るく想像できるのがうれしくて、その変化に深くかかわれたことを誇りに思う。

「可畏は大人だよな。慈雨や倖が、将来恥ずかしがるような写真は残さないほうがいいとかさ、そんなことあまり気にしてなかったかも。自分に置き換えればわからなくもないのに」

「俺は、写真に納まったことがほとんどないからな。それをよかったと思ってる分、逆に毎日撮られてる慈雨と倖が、将来どう思うのか考えたくなる」

「……え？　写真、ないのか？」

写真に納まったことがほとんどないという可畏の発言に、潤はすぐさま彼の幼少期の写真を思いだす。知っているうちの一枚は両親と撮ったスーツ姿の立派な写真で――母親の姿は切り抜かれていた。もう一枚は、まさにこの島で撮られたスナップ写真だ。

「写真館で義務的に撮らされたものはあるけどな、日常の写真はないに等しい。お前に見せたスナップ写真は竜嵜家の連中が撮ったものじゃねえし、家では誰も撮ろうとしなかった」

「そういえば、学校での写真もあまりないんだったな……可畏の写真を勝手に撮るのは無礼になるから、許可を受けたカメラマン以外は撮っちゃいけないんだろ？」

「ああ、子供のころは今以上に撮らせなかった。かしこまった写真ばかりだ」

冷めきった竜嵜家の事情を知っている潤は、「そっか……」とだけ答えたが、可畏が写真の少なさについて「よかったと思ってる」といったことに淡い哀《かな》しみを覚えた。

可畏が差しているのは、親の愛情に絡んだ写真だ。滅多に会わない父親サイドで撮られた写真は持っていても、憎んでいた母親サイドの写真は本当に要らなかったのだろう。

強がりでもなんでもなく、要らない愛として割りきらなければ生きていけなかった可畏を、子を持つ親の立場でかわいそうだと思った。できることならもっと早く出会って、つらいときに力になれたらよかったのにと思う。

「そんなに感傷的な顔しなくてもいいぞ、大した理由じゃねえから」

「ほんとに？」

「ああ、誰かの庇護《ひご》下にある弱い姿や無防備な姿は、残っていないほうがいいって程度の話だ。今の自分と通じるものがある写真はともかく、そうじゃないものは、なくていい」

「それはつまり、赤ちゃんのころの写真とか、子供らしい感じの写真とか？」

「そういう時期は誰にでもあって当たり前だが、俺にとっては総じて恥だからな。力で他者をねじ伏せ、強くなければならない王としては、ないほうが好都合だ」

「うん、その考えはちょっとわかる気がする」

潤は可畏に理解を示しながらも、一つの疑問に突き当たる。

可畏は、慈雨や倖がやがて自分の跡を継ぐと考えているはずだが、子供たちの写真を撮ることを常に肯定している。

手伝ってくれることも頻繁にあり、おとなしくしない慈雨に向かって「慈雨、カメラを見ろ。可愛く撮ってもらえ」といったり、倖に向かって「倖、今は俺じゃなくカメラを見るんだ」といったり、いつだって協力的だ。

「慈雨と倖の写真、もう数千枚は撮ったかも。連写のも入れたら万超えかもしれない。将来、ふたりの足を引っ張るようなことにならなきゃいいけど」

「それは大丈夫だ。一時的に嫌がるときがあったとしても、いつか理解してくれる。慈雨と倖は、俺とは育ちが違うからな」

「……育ち?」

「両親に愛され、祖母や叔母に可愛がられてる。力で他者をねじ伏せて竜王になる日が来ても、俺とは違う王になる。慈雨と倖は、お前の愛情の記録を否定したりしない」

「可畏……」

可畏はそういって、ユキナリから借りているカメラを手にする。

静止画撮影モードで構えると、子供たちの髪に触れていた潤に、「そのままで」といった。

男でありながらも母親に違いない潤の手指とともに、可畏は子供たちの寝顔を撮る。

潤もまた、我が子を信じる父親としての可畏の顔を、目に焼きつけた。

暴君竜と白い花冠

ガーディアン・アイランド滞在三日目。地熱の高いこの島では、多種多様の植物が生育している。色鮮やかな花々も多く、いわゆる『映える』撮影場所の宝庫だ。

「わー、花畑！　正真正銘の花畑だ！」

潤《じゅん》は可畏《かい》と子供たちとともに、島内の花畑を訪れていた。

写真で見たことのあるラベンダーやネモフィラの花畑にあこがれがあったが、自然に任せて咲き乱れ、地平線が見えるくらい埋めつくされた自然の花畑も素晴らしい。

「パーパ、コー、おんりしゅる！　おはなのかーむいしゃがしゅの！」

可畏が抱いていた倖《こう》は、花畑に下ろされるなりなにかをさがし始める。

密に花が咲いているので踏まずに歩くのはむずかしい状況だったが、歩けるようになったばかりの身で一生懸命、花を気遣っていた。

「倖くん、おはなのかーむいってなに？」

長男の慈《じ》雨《う》の手を引いていた潤は、倖の言葉をそのまま口にしてみる。

そうすることで理解できることも多く、今もすぐにわかった。

「あ、花の冠かな？」

「そうだろうな」

先にわかっていたらしい可畏は、筋骨隆々の長軀《ちょうく》でしゃがみ、一歳児程度まで成長した倖に目の高さを合わせる。

「かーかーんっ？」

「倖、花の冠は花冠というんだ。か、か、ん」

「そう、上手にいえたな。まあ、花の冠でも構わない。それをさがしてるのか？」

「ん、コーね、かーかーんっをみちゅけて、マーマにね、ぷれれんとすゆの！」

「え、俺にくれるんだ⁉」

潤が「倖くん、ありがとねー。優しいなぁ」といった途端、慈雨も花の中に躍りでる。

「ジーウも！　ジーウもマーマにあげゆ！　ジーウもね、やしゃしーよ！」

倖に便乗しつつ花冠をさがし始める慈雨に、倖は「ジーくん、いっちょにしゃがしょ」と、天使のほほ笑みを向けていた。

恐竜の影を持たないながらに、卵生のハイブリッドベビーとして誕生した慈雨と倖は、見た目も中身も対照的な子供たちだ。

慈雨は金髪碧眼《へきがん》でカフェオレ色の肌を持つ水竜寄りの竜人、倖は黒髪に琥珀《こはく》色の目と雪肌を持つ陸棲竜人――見た目も種族差もある双子だが、いつもすこぶる仲がいい。

「倖、慈雨も……潤に花冠を贈りたい気持ちはわかるが、あれはさがすもんじゃない。自分で花を集めて作るんだ」

花冠は最初から花畑にあると誤解しているらしい子供たちに、可畏はやわらかく説明する。

かつては暴君竜の名に相応《ふさわ》しい暴君としておそれられていた彼も、今では立派な父親だ。

「いいか、まずこの花を集めるんだ。花冠によく使われるシロツメクサに似ていて、茎が長く柔軟に曲がって編みやすい」

花冠を作るものだと思っていなかった慈雨と倖は、おどろきながら可畏の手元を注視する。

それは潤も同じで、可畏が白い花をつんで編み始めたことにぎょっとした。

「可畏、え……なに？　花、編めるんだ？」

「こんなこともあろうかと夜のうちに調べておいた。花畑に誘ったのは俺だからな」

以前はよく、他者を殴ったり張り倒したり、首を引っつかんで絞め上げていた大きな手で、可畏は白い花を編んでいく。

「いいか、まずはよく見てろよ。こうやってクロスさせて、ここをしっかり押さえる。それからクルッと巻きつけるんだ」

日光を受けて土まで温かい花畑で、可畏は慈雨と倖に花冠の作り方を説明する。

潤もまた、子供たちと一緒に感心しながら聞き入った。

結局子供たちの小さな手では編めなかったが、ふたりは花をつんで可畏に次々と手渡すことで花冠作りに参加して、十分満足できたようだった。

「よし、これくらいでいいだろう。潤の頭は小さいからな……あまりつなげるとレイみたいになっちまう」

　可畏は余った茎を花と花の隙間に埋め込み、見事な手際で花冠を完成させる。

　倖も慈雨も、そして潤も感激して、拍手や万歳をせずにはいられなかった。

「パーパ、しゅごいねー」

「パーパ、カッチョーいよ！」

「うんうん、ほんとすごい。何者ですか？」

「画像も動画も見たからな。普通だろ」

「いやいや、普通じゃありませんからっ」

　手放しで絶賛すると、可畏はさすがに少し恥ずかしくなったようだった。

　照れ隠しに「慈雨、倖、ふたりで潤に花冠を載せてやれ。竜王の妃《きさき》の戴冠式だ」といって、子供たちをふたりまとめて抱き上げる。

「マーマ、みーなの、ぷれれんとよ」

「んっ、みーなの、ぷれれんとらね！」

　双子の手で花の冠を頭に載せられると、可畏と子供たちの成長に胸が熱くなった。

　あの暴君がここまで完璧な父親になった背景には、少なからず自分の影響がある。

　そして自己顕示欲の強い慈雨が、真っ先に「みんなのプレゼント」という言葉を使ったのもうれしくて、子供の成長を感じられた。

倖は花冠のプレゼントの発案者であることを主張せず、家族のよろこびを自分のよろこびとして自然に受け入れている。

成長であったり生来のものであったりと様々だが、三人の愛の真ん中で、潤は笑いながらも「ありがとう」と涙ぐんだ。

「それにしても……可畏は本当にすごいよな。絵も上手いし、字も綺麗だし……こういうのも器用に作れちゃうし、なにやっても敵《かな》いそうにない。料理も本気出したらすごそう」

「そうだな、それだけはしないでおいてやる」

「うわぁ、憎たらしい」

潤が苦い顔をすると、子供たちはすぐに顔真似をして「にくちゃらしーっ」と、声をそろえた。意味もわからずいっている慈雨と倖の突き抜けた愛らしさに、親たちは頬をゆるませずにはいられない。

「パーパ、あみもりょれきる？」

可畏が子供たちのための小さな花冠を編み、潤が写真を撮っていると、倖が期待に満ちた目をしながら首をかしげた。

「編みものか……やったことはないが、初心者向けの本があればできるだろうな。作ってほしいものでもあるのか？」

「ん、あのね、ぴーくのうさたんっ」

「……ああ、うさぎの帽子か？」

「うん、おぼーし！　ないないしたれしょ？　コーね、うさたんに、らいまするの」

「ただいまじゃなく、『おかえり』だな」

先ほどよりもさらに手慣れた様子で花を編む可畏は、手を止めずに間違いを指摘する。

倖は恥ずかしそうに口元を押さえると、「コー、まちあいちゃった。コー、らめね」と自分でダメ出ししていた。

「ダメなんかじゃないぞ、間違いは大人でもよくあることだ。何回も間違えて、だんだん間違えなくなっていけばそれでいい」

「あい！　パーパ……んー、しゅき」

寛容で強くてカッコイイ父親への愛が高まったのか、倖は可畏の肩に顔を寄せる。

花を編む作業の邪魔はしない形で寄りそう倖と、花冠作りより被写体になることに気が行っている自分大好きな慈雨を見て、可畏もまた、性格の異なる我が子への愛情を高めているようだった。

「いいなぁ、こういう平和な時間」

「――そうだな」

この暖かい島ですごすのも今日が最後で、明日にはハワイに移動し、ホノルル空港から日本に向かうことになっている。

ロシアでのつらい日々を乗り越え、家族とともに帰国できるのはもちろんうれしいが、束《つか》の間の休暇をもう少したのしみたい気もした。

「早く帰りたいような、帰りたくないような」

「わかる」

息を抜くように笑った可畏は、完成させた二個目の花冠を倖の頭に載せる。

御礼のキスを頬に受けていた。

四人で花のない草地に座り込み、しばらくぼんやりと雲を眺める。

「帰国したら、俺も可畏みたいに頑張ろう」

「お前は十分頑張ってるだろ」

「えー……うーん、頑張ってる気でいても、可畏を見てると全然だなって思えてきて」

「元が悪い奴が改心するより、元からずっと真っ当に生きてる奴のが偉いんだぞ。変化が少なくて目立たねえけどな」

「ああ、なるほど……」

可畏の言葉に思わず納得した潤は、慈雨のための花冠を編みだす可畏を見つめる。

そうはいっても、やっぱりまぶしくて最高で、惚れ直さずにはいられないよ——と目で熱く訴えると、可畏は察した様子で視線を泳がせた。

「お前は……生理的にダメだった肉の調理に挑戦して、うまい料理を作ってた」

「——ん？　うん、作ったけど？」

「元から手先が器用な俺がバリエーションを増やすより、お前のほうが余程すげえ」

少しぶっきらぼうにほめられると、顔がキューッと火照りだす。

惚れた相手から愛を返される幸せに、ゆるんだ顔が戻らなかった。

「えへへ、ほめられちゃった」

潤がよろこぶと子供たちも大よろこびして、「マーマ、ジーウね、ほめほめしてあげゆー！」

「コーも、マーマいいこねって、なでなですゆの！」となでる気満々の両手を上げる。

「はーい、ほめほめなでなでしてください！」

潤は可畏が作ってくれた花冠をいったん取り、可愛い子供たちに向かって闘牛のように頭を突っ込んだ。

四本の小さな手でワシャワシャと髪を乱されながら、「ほめほめー」「なでなでー」と存分にほめられていると、プフッと笑い声が聞こえてくる。

なにやらツボに入ってしまったらしく、白い花にまみれた可畏が、腹ではなく花をかかえて笑っていた。

暴君竜パパの優雅な御仕事

「ただいま帰りましたー」

　消費生活論の講義に出たあと、潤は大学部の寮に戻る。

　竜泉学院の生活科学部栄養学科は、四年制のためカリキュラムに余裕があるが、より多くの資格を求める者は多忙を極めることになる。今のところ潤は育児とモデルとしてのレッスンを優先し、専門性を高めるのは来年以降と考えていた。

「お帰りなさいませ、御子様方はお昼寝中です。今日は泣かずにいい子にしてくれました」

「辻《つじ》さんただいま。子供たちを見てくれてありがとう。おとなしかったならよかった。校舎を出る前にカメラで確認したら寝てるの見えたから、『さすが辻さん』っていってたんだよ」

「おそれいります。でも私の手柄ではないんですよ。可畏《かい》様が工夫してくださったおかげです。生餌様方はどちらに行かれたんですか？」

「さっきまで一緒だったんだけど、ユキナリも三号さんも荷物置いてから来るって」

　ヴェロキラプトル竜人の辻は、「それではお茶を三人分お淹れします」といった。

　潤は礼をいいつつ、携帯を手にする。

　本当は寝室で直に見たい子供たちの寝顔を、監視カメラの映像でじっくり眺めた。近づいて起こしてしまったら、興奮して騒ぐのが目に見えているからだ。

　リビングから扉一枚隔てた書斎には、竜嵜グループの次期後継者として、この春から本腰を入れて仕事をしている可畏がいる。大学には籍だけ置いて原則通わず、第一秘書の五十村《いそむら》豊《ゆたか》を呼びつけたり、他の秘書や部下とネットを通じてやり取りしたりと、極力出社をさけていた。もちろん、すべては愛する我が子――双子ベビー、慈雨《じう》と倖《こう》のためだ。

　竜人が通常持っているはずの恐竜の影を持たず、その代わりのように優れた異能力を持って生まれた子供たちを守るために、可畏は父親として日々心を砕いている。

「ところで、可畏の工夫って具体的にどういう……あ、それは本人に訊こうかな」

「はい、ぜひ直接……なかなか大変なことなので、潤様にフォローしていただきたいです」

「え、なんだろう。すごい気になってきた」

「さあ、なんでしょう」と含みのある笑みを浮かべた辻は、いったんキッチンに下がる。

　それからしばらくすると、空のティーカップを二セット、合計五客を用意して戻ってきた。

　二客はワゴンに載せてあり、ポットからは濃厚なミルクとアールグレイの香りが立ち上る。

「ワゴンのほうは可畏様と五十村さんの分ですが、潤様がお持ちになりますか？」

「あ、だから動物性脂肪が……」

「はい。お二人とも肉食竜人ですし、仕事中は糖分も必要になりますから。ほどほどの甘さのロイヤルミルクティがいいんです」

「なるほど。でも俺が持っていっていいのかな？　仕事の邪魔しちゃ悪い気がする」

「ああ、確かに。私が持っていく分には空気で済むので問題ありませんが、潤様が行かれると可畏様はよろこびすぎてしまうかもしれませんね。やっぱり私が行きましょう」

「んー、そういわれると、なんか試したくなってきた」

ふといたずら心が湧いて、潤は辻に手招きする。

聴覚の優れた可畏に聞こえないよう、たった今考えた作戦を耳打ちした。

最初のうちは、「そういうのは無理です、いけません」と拒否した辻だったが、潤が笑顔で迫るとしぶしぶ折れる。潤のささやかないたずらに乗ったところで、今の可畏が激昂《げっこう》しないことをわかっているからだろう。最後には、「御命令とあらば……」とうなずいた。


「失礼します。お茶をお持ちしました」

辻は普段通り書斎の扉をノックして、開ける前に声をかける。

この期に及んで迷う様子を見せつつも、無言でせがむ潤に負けて場をゆずった。

潤は辻の代わりにワゴンを押すと、素知らぬ顔で書斎に入る。

扉からデスクまでは距離があり、案の定、可畏も五十村もこちらに目を向けなかった。

可畏はいつも通り愛用のデスクに着いていて、五十村はソファーにひとりで座っている。

可畏は大型モニターを、五十村はタブレットを見ていたが、開いている資料は同じらしい。

顔を見合わせずに何やら話し込んでいて、どちらの手元にも、着色された繊維のサンプルと思《おぼ》しきものが置いてあった。

——あれ？　可畏がスーツ着てる。俺が学校に行く前は綿シャツ着てたよな？　普通に楽な恰好してたのに、なんで着替えたんだろ？　このあと本社に行くのかな……予定外のトラブル発生とか？　でもそのわりに空気は悪くないし、ピリピリもしてない。今日は俺が暇だから、ちょこっと本社に顔出すことにしたとか？

雰囲気的に心配無用と判断した潤は、食器の音を立てながら紅茶の支度をする。

あえてカチャカチャ鳴らすことで存在感を消し、可畏のスーツ姿に見惚れた。

これまでにもかしこまった恰好の可畏を見てきたが、大抵は華やかな場に出るためのものだった。仕事をしている時のスーツ姿は格別なものがある。

つい先日まで着ていた高校の制服と大して変わらないのに、男の品性や色気が増して、急に大人になった気がした。

頼もしくて新鮮で、とにかく恰好よくて目が離せない。

五十村と話しているのは繊維事業の展望らしく、独自開発した特殊繊維による高級フェイクファーブランド『プレジカローレ』が成功したあかつきには、低価格帯の高品質インナーブランドを立ち上げて、国内外の機能性インナーのシェアを独占したいと考えているようだった。

製品サンプルは完成に近い段階にあり、その出来には自信があるが、問題は潤がミューズを務める『プレジカローレ』のイメージダウンにならないかということらしい。

染色の過程こそ違うものの元々の繊維は同じものを使用するため、可畏は慎重に考えているようだった。逆に五十村は、「市場規模がまったく違いますから、プレジカローレより後者を優先して考えるべきです」と意見している。

特許を取得した新繊維の名を伏せつつ大規模展開するのはむずかしいが、それでも可畏は諦《あきら》めず、イメージダウンを回避する方向で進めたいと主張していた。

——確かにあの繊維は使わないと勿体ないよな。あれでインナー作ったら……あったかくて着心地よくて、ティッシュみたいに軽くて大ヒットしそう。それにしても……可畏がブランドイメージを大事にするのってやっぱり、俺と一緒の仕事だから、かな？

「潤……っ、なんだ、お前だったのか」

辻だと思い込んでいたところから一転、可畏は潤を見るなり立ち上がる。

続いて五十村も、「お帰りなさいませ」と立ち上がって一礼した。

紅茶を載せたワゴンが動かないのを不審に思って気づいたようだったが、潤としてはにおいで即座に察してほしいところだった。普段は「お前のにおいは極上だ」などとささやいてくるくせに、餌にならない肉食竜人の辻と区別がつかないようでは、暴君竜として情けない。

しかしその一方で、「俺を透明人間にするくらい、仕事の話に熱中している可畏もいい」と惚れ惚れしてしまうのだから、どのみちときめき度は変わらない気がした。

「もう帰ってたんだな。紅茶の香りが強くて気づくのが遅れた」

「あ、いいわけしてるぅ」

「——っ、さっきの声は辻じゃなかったか?」

「声だけで人を判断するのは危険です」

「それは……返す言葉がねえな」

恐ろしい竜人組織や、竜人研究者クリスチャン・ドレイク、そして誘拐に最適な能力を持つ翼竜リアムを警戒している可畏は、潤のなにげない一言に若干凹んだようだった。

かつては暴君そのものだった彼も、今では理想的な恋人で、子供たちのよき父親だ。

失えないものが増えたことで苦労することも反省することもあったが、乱暴だったころよりも今のほうが性根は強くなっている。

少なくとも潤はそう確信していた。

「お前、なんか顔が赤くねえか」

「……え、マジ?」

「熱でもあるのか?　調子悪いなら我慢するなよ」

可畏はそういうなり距離を詰め、顔を近づけてくる。

まずは自分の前髪を上げて、次に潤の前髪をすくい上げると、こつんと額を当ててきた。

いわれてみると確かに顔が熱くて、これは見た目にも出るだろうなと自覚する。

スーツ姿だけでも胸が高鳴るのに、『プレジカローレ』のブランドイメージに強くこだわるのは自分への愛情もありそうで――複合的理由から体温が急上昇していった。

「普段より熱い。けど俺のが熱いな」

「うん、可畏は平熱高いから」

「――で、体調は？」

「あー、うん？」

いまさらだが至近距離で見る可畏はおそろしく美しく、無難な返事すら出てこなくなる。

雄っぽさと力強さが先に立つため普段は忘れがちだが、悪魔的な美貌に見入ってしまった。

真っ黒な瞳と、冴え冴えとした白眼のコントラストが印象的で、血色の斑《まだら》が入った虹彩には神秘性がある。やや浅黒い肌は瑞々しく、触れる前からなめらかさが伝わる質感だ。

「ええっと、体調は……全然問題ないんだけど、仕事してるのにいたずらしてごめん」

「べつに構わねえ。早く俺に会いたかったんだろ？」

「う、うーん……そうかな？　そうかも」

自問しつつ答えた潤は、おもむろに可畏のネクタイに手を伸ばす。

曲がっていたわけではなかったが、彼のネクタイを直してあげるというシチュエーションに胸を躍らせながら、あえて曲げて直してみた。

「スーツほんとに似合うな、カッコイイ……でもなんでスーツ？　これから出かけるのか？」

「どこにも行かない。これはやむを得ず着てるんだ。俺は楽な恰好が好きなのに」

「やむを得ず？　んー、どういうこと？」

潤の質問に、視界の隅で五十村がくすっと笑う。

逆に可畏は苦々しい顔をして、寝室を映すモニターに目をやった。

そこに映しだされているのは、すやすやと眠る子供たちの姿だ。

「普段着で仕事してると『遊んで攻撃』がやまねえのに、スーツを着てると聞き分けがいい。今は無理なんだと理解して、さっさと解放してくれるんだ」

「ああ、なるほど！　辻さんがいってた『工夫』ってスーツのことか」

「子供にはわかりやすいのが一番だな。面倒くせえし疲れるが、しばらくは毎日スーツにする」

「えー……大丈夫か？　あんまり無理しないようにな。カッコイイし、カッコイイけどっ」

無理しないようにといいつつ拍手を送る潤に、可畏は呆《あき》れた顔をする。

それでも口元はにやけていて、まんざらでもなさそうだった。

無影竜の献身

ツァーリが暴君竜と戦った夜になにがあったのか、私はまだ詳しいことを聞いていない。計画が上手《うま》くいき、沢木潤《さわききじゅん》の体に私と同じ変化が起きたのは確かなようだが、ミハイロ様が大怪我《おおけが》をしたのはなぜなのか、ツァーリがひどく気落ちしている理由はどこにあるのか、知らないまま日本を発《た》つしかなかった。

「ミハイロ様、足湯をお持ちしました。ハーブは私が選んでしまいましたが、ローズマリーでよろしいですか？」

帰国してエリダラーダに戻ったあと、荷物を片づけてすぐにミハイロ様を訪ねた。寒さが苦手なミハイロ様のお体を、足元からしっかりと温めたかったからだ。

「リュシアン、イツモ、トテモ、アリガトウ」

小さな皇子は、たどたどしいロシア語を、しかし丁寧に口にする。

相変わらず無表情だったが、すんっと湯気のにおいを嗅ぎ、「ローズマリー、サワヤカ、イイ、ニオイ。ボク、スキ」と自身の好みについて言及した。

日本に向かう前のミハイロ様は、黙って首を縦か横に振る程度で、なにが好きなのか自分から主張することはほとんどなかった。好き嫌いをまだ把握しておらず、好きという想《おも》いや興味のすべてが、兄の倖《こう》にのみ向かっていた気がする。

それが今では、ローズマリーを好きだといって、好ましく思う理由まで答えてくれた。

目覚ましい成長ぶりに、お世話係として込み上げるものがある。

「リュシアン、ボク、ニホンゴ、カイワ、シタイ」

「あ……はい、承知しました。では今から日本語を使わせていただきます」

私が言語を切りかえると、ミハイロ様も「ドウモ、アリガトウ」と日本語を使い始める。

どうして日本語を学びたいんですか、なんて訊《き》いたりはしない。

ツァーリと私は時に冗談をいい合うこともあるが、主君が決めたことに黙って従い、その御子息にも原則として従うのが我々エージェントの役目だ。

ツァーリは竜人界の底辺に位置する我々サバーカを劣悪な環境から救いだし、毒で支配して重用している。

逆らえば、この巨大氷窟エリダラーダに軟禁されるか毒殺されるかなのだから、確かに支配ではあるものの、おびえて暮らしている者はほとんどいない。

少なくとも私にとって、ツァーリに仕えるのは必然だった。恩返しといいかえてもいい。

私はツァーリに忠誠を誓い、あの方の幸福のために生きている。

尊い血を引く唯一の存在であり、こうしてエリダラーダにいてくださるミハイロ様のことを、心から大切に思っていた。なにより、とても感謝している。

「ボク、オハナシ、イイ？」

「はい、なんでもお聞きしますよ。その前に湯加減は問題ありませんか？」

かつて沢木潤が使っていた部屋で、小さく細い足に触れた。ローズマリーを沈めた香り高い湯を脛《すね》からかけて、初めての旅を終えたミハイロ様の足を揉《も》む。

「ダイジョブ、チョウド、ヨイ」

「それはよかったです。正しくは『ダイジョウブ』ですが」

身分に関係なく誤りは正すべきなのでわかりやすく発音すると、ミハイロ様はびっくりした様子で「ダイジョ……ウ、ブ？」と抜けていた「ウ」を強調した。

「ボク、マチガイ、シタ。『ダイジョブ』タクサン、イッタ」とあせった顔をするなり、「ボク、ハズカシイ」とまでいいだした。

「そのくらいは間違いのうちに入りませんよ、それこそ大丈夫というものです。ミハイロ様が一生懸命日本語を話す姿に、暴君竜も潤様も感動していたと思います」

「……ホントウ？」

「はい、本当です」

ほほ笑みかけると、ミハイロ様は安堵《あんど》して肩や足の力を抜く。

正直なことをいえば、私は粗暴で残忍かつ横柄な暴君竜の竜嵜可畏《りゅうざきかい》のことが嫌いで、口汚くののしりたいほどの悪感情を持っていたが、私情やうらみは出してはならないものだ。

それはミハイロ様を傷つけるだけで、誰の幸せにもつながらない。

「ボク、ニホンゴ、ウマク、ナル……ナリタイ」

「いいですね。ミハイロ様ならすぐマスターできますよ」

「ベンキョウ、タクサンスル。コウニーサント、ジュンママト、カイパパト、ジウニーサント、ニホンゴ、ハナシスル」

「――次に日本に行く日が、今からたのしみですね」

ミハイロ様は、「ウン、ボク、タノシミ」とひかえめに笑った。

竜寄可畏のことを「カイパパ」と呼ぶようになったミハイロ様に、せめてツァーリの前ではやめてほしいといいたいけれど、私にそんな権利はない。

「ミハイロ様がエリダラーダに戻ってきてくださって、本当にうれしく思います。苦手な寒い国で暮らすことを、御自分で選ばれたそうですね」

ミハイロ様が日本語のレッスンをしたがっているのに乗じて、出すぎたことを訊いている自覚はあった。それでも訊きたくなってしまう。

あんなにも会いたがっていた兄の倖に会い、母親に当たる沢木潤はもちろん、竜寄可畏にも大切にされ、幸せな家庭のぬくもりが目の前にあったのに……なじみ始めていたそれを蹴って、ミハイロ様はなぜエリダラーダでツァーリと暮らすことにしたのだろうか。

その選択は私には当然のものだが、幼い子供にとっては違うはずだ。

「ボク、ウマイ、イエナイ」

「上手く、いえない気持ちですか？」

「ソウ、ウマク……イエナイ、キモチデス」

ミハイロ様はそういって、自分の胸に手を当てる。

まるでそこが痛むからだと訴えるかのように、湯気の向こうで眉根を寄せた。

日本に行く前よりも、表情のバリエーションが増えている。

竜嵜可畏やクリスチャン・ドレイク博士の血を感じさせる肌色をしていても、沢木潤に似た顔をしていても、ミハイロ様はツァーリのことを心から慕っているのだろう。我々サバーカと同じように、あの方の哀《かな》しみに触れ、ひとりにしたくないと思っているのかもしれない。

「ミハイロ様がツァーリのおそばにいてくださったら、百人力です。とても心強い」

「ヒャクニン、ギリ？　ソレ、シッテル」

「いいえ、百人斬りではなく、百人力ですよ。百人分の力という意味です。つまり、もし私が百人いても千人いても、ミハイロ様おひとりに敵《かな》わないということです」

「――ボク、バトル、ツヨイ？」

「もちろん強くなられると思いますが、強さ以前にミハイロ様は素晴らしい皇子様です。私が御礼をいうのは差しでがましいのですが、戻ってきていただき本当にありがとうございます」

ツァーリにとって御自分がどれほど価値のある存在か、我々にとってどれほどありがたくもうらやましい存在か、今のミハイロ様にはわからないだろう。

「ありがとう」に対して半ば反射的に「ドウ、イタシマシテ」と答える姿は天使のようで、あまりの愛らしさにキスを贈らずにはいられなかった。

ひざに唇を寄せた私を、ミハイロ様は寛容に受け止めて許してくれる。

「あ、ツァーリパパ」

「――ッ」

「リュシアン、ツァーリパパ、ガ、イラッシャイマス」

正しい敬語を使ったミハイロ様は、上を向きつつ頬をゆるめた。

程なくしてマークシムス・ウェネーヌム・サウルスの影が迫り、ノックが聞こえてくる。

この世のありとあらゆる生物の頂点に君臨する皇帝は、愛する我が子を見るなり幸せを噛《か》みしめるように目を細めた。

元々は沢木潤のために用意したこの小さな部屋に、ミハイロ様がいること、竜嵜家ではなくこちらに戻ってこられたことを実感して、思うところがあるのだろう。

「リュシアンに足湯を用意してもらったのか、いい香りだな」

「ハイ、マッサージ、シテモラウ……イ、マシタ」

「きちんと御礼をいったのか？　君はいつもリュシアンに世話を焼いてもらっているのだから、感謝しなさい。皇子という立場にあるからといって、不遜な態度はいけないよ」

「ツァーリ、ミハイロ様に限ってそのようなことは……っ」

「リュシアン、イツモ、ドウモ、アリガトウ」

椅子に座っているミハイロ様は、ひざまずく私の目を見てゆっくりといった。

頭を下げる必要はないと教えられているため、それは貴人らしい御礼の仕方で、ツァーリと同じ紫色の瞳がまぶしいばかりに高貴に見えた。

「ボクハ、コレカラ、モ、ココニイル……ダカラ、ヨロシク」

「ミハイロ様……」

ツァーリの口から、「ミハイロは私と暮らし、ときどき竜嵜家に顔を出すことになった」としか聞いていなかった私は、ミハイロ様から直々に今後のことを聞かされ、さらに「よろしく」とまでいわれて、張り詰めていたものがふっと切れた心地だった。

いや、切れたというよりは、不安も緊張も一気に蒸発した感覚だ。

「リュシアン……ダイジョブ？　ダイジョ、ウブ？　ナク、ヨクナイ」

いきなりゆるんだ涙腺を、どうにもできなかった。

私は分をわきまえずに涙をこぼす。自分で思っていた以上に不安だったのだ。

ミハイロ様が日本に残りたいといいだしたら、どうなるのかと……ミハイロ様は幸せでも、ツァーリはどうなってしまうのかと不安で不安で、肺病にでもかかったかのように胸が苦しい日々だった。

「リュシアン、ミハイロは私と同じく、君をとても信頼している。モデルの仕事で忙しいとは思うが、エリダラーダにいるときはなるべく面倒を見てやってほしい」

ツァーリの穏やかな微笑に、ますます涙が止まらなくなった。

たった一言、「もちろんです」といいたいのに言葉にならない。「よろこんでお引き受けします。一生エリダラーダから出られなくても構いません」ともいいたいのに、「フ、ゥ、ッ」と妙な声が漏れてしまい、ただ泣くばかりになってしまった。

「リュシアン、ナク、ヨクナイ……ナク、ナイデ」

ツァーリはミハイロ様の小さな誤りに、「その場合は『泣かないで』だよ。気持ちは十分に伝わっていると思うが」と、訂正とフォローを入れる。

こんなツァーリは見たことがなかった。

以前にまして優しく、愛情を込めて、ミハイロ様の小さな頭をなでている。

「リュシアン、ナカナイデ」

いい直すミハイロ様の前で、私は何度もうなずく。

上ずったみっともない声になったうえに「はい……」と「ありがとうございます」しかいえなかったけれど、こんなにもうれしく幸せな日は過去になかった。

暴君竜の肖像

「潤《じゅん》、どこかでベルが鳴ってないか？」

それは竜人の耳をもってしても、かろうじて聞き取れる程度の音だった。

人間の聴覚しか持たない潤に訊いても無意味だと気づくより先に言葉にした可畏《かい》は、慈雨《じう》と侼《こう》から「なってうね！」「なってるの！」と頼もしい同意を受ける。

「ベルってなんのベル？　電話？」

「ああ、たぶん。昔ながらの呼び出し音って感じだ」

「パーパ、あっちよ。あっちのね、まなかの、うえんとこ！」

慈雨が指さしたのは、テレビボードの「真ん中の上」だった。

確かにそこから音がしている。安全性を重視して角を取らせたメープルのテレビボードは、壁に固定されたテレビを囲むように設置してあり、上部は隠し金庫になっていた。

「金庫の中からだ。腕時計の箱か？」

「え、それってまさか」

テレビボードに駆け寄り、無垢材《むくざい》の窪《くぼ》みに仕込まれた電子ロックに触れる。

防音効果も十分にある堅固な金庫を開けると、電子音が大きくひびいた。

「それ、一方通行じゃなかったんだな」

ばつが悪そうにいう潤と、「パーパ、もしもしするの？」と興味津々で見上げてくる双子《ふたご》の前で、慎重に腕時計の箱を開く。中に収められているのは、もちろんただの時計ではない。竜人組織フヴォーストが潤に与えた、絶対不可侵権の証《あかし》だ。

『御機嫌よう、つながらないかと思いました』

箱の蓋の内側が鏡からディスプレイに変わり、モデルのリュシアン・カーニュが現れる。

潤が「リュシアンさん」と声を漏らすと、彼の視線は潤に向かった。

それだけでいらだって「なんの用だ」とすごみかけたが、すんでのところで言葉を呑《の》む。

顔を見るだけで腹が立つ相手だが、今ここで突っかかってもいいことはない。

なにしろ明日は、ミハイロが日本に来る待望の日だ。

「リュシアン・カーニュ、明日は予定通りなのか？」

『ええ、予定通り伺いますよ。その前にミハイロ様の動画をお見せしようと思いまして』

「ミハイロの、動画？　本人はそこにいないのか？」

『直接お話しになるのは明日のたのしみにしておいてください。では切りかえますね』

リュシアンは一方的にいうなり、リモコンらしきものを操作する。

真っ黒になった画面に手に汗握る可畏の隣で、潤が「ミロくんの動画なら保存したいっ」と拳を揺らし、慈雨は画面を見ようとピョンピョン跳ねた。倖に至っては特殊能力を使って宙に浮きながら、「コー、ミロくんともしもししゅる！」と興奮しだす。

「静かに。今は黙ってミハイロの話を聞くんだ。一度きりかもしれねえから静かに観《み》ろよ」

急いでいい聞かせた可畏は、時計の箱を慈雨の目線まで下げる。固唾《かたず》を呑んだ三人とともに画面を食い入るように見ると、ソファーに座るミハイロが姿を見せた。

宮殿の一室のような部屋をバックにして、貴公子らしいクラシカルな服を着ている。

『コンニチハ、オヒサシブリデス、ミハイロデス。アシタ、ボクハ、ニホンニ、イキマス』

そう語る姿は最後に会った時と変わらず、銀髪のオカッパ頭も無表情もそのままだったが、話し方が以前より少しなめらかになっていた。会話にならなくともなにかいいたくて体がうずくのはみんな同じで、四人そろってぐぐっと身を乗りだす。

『カイパパノ、エヲ、ミタリ、ジュンママニ、ホンヲ、ヨンデモラタリ、タノシミデス』

姿勢を正し、やや緊張しながら録画に挑むミハイロの様子に、胸がしめつけられる。

言葉をかけてくれたことはうれしいが、手の届かない現実がもどかしかった。

『ジウニーサン、コウニーサン、タクサン、アソビタイデス。マテイテ、クダサイ』

ミハイロは自分の言葉で丁寧に語り、最後に『ヨロシク、オネガイシマス』といって肩の力を抜いた。いいたいことを全部いえて安心したのか、無表情がふっと和らぐ。

笑みに近い顔で、右手を少し振ってサヨナラをした。

「ミロくん、これで終わり？　これだけ？　もう一回！」と嘆きながらもよろこぶ潤と、「おわりやーよ！　コー、ミロくんともしもしする！」「ジーウも、ジーウももしもしする！」とぐずる子供たちにせがまれながら、可畏はひとり、ミハイロの言葉に気を取られていた。

最初にいっていた『カイパパノ、エヲ、ミタリ』の意味がよくわからず、考えているうちに回線がぷつりと切れる。

「俺の絵って、どういう意味だ？　俺の肖像画があると思ってるのか？」

生きてきた時代から考えて、ツァーリの肖像画はエリダラーダにありそうだ。

ミハイロはそれを見て、こちらのパパの肖像画もあるに違いないと思ったのだろうか。

「それたぶん肖像画じゃなくて、可畏の絵だと思う。可畏が描いた絵ってこと」

「――俺が描いた絵？」

「うん。うっかりいいそびれてたけど、可畏が絵心あること、ミロくん知ってたみたい」

「お前……っ、なんでそんな大事なことをいわねえんだ」

「ごめん、そのあとなんだったかな……それどころじゃないいろんなことがあって忘れてた。聞いたときは可畏に伝えなきゃって思ってたのに、ほんとごめん……すみませんでした」

慈雨と倖の後ろに引いた潤は、ふたりを盾にしつつ「許して」と手を合わせる。

許せることと許せないことがあるだろう――と怒鳴りたい気持ちでいっぱいの可畏だったが、冷静に考えると許せることに決まっているので、ぐっとこらえた。

「俺に絵心がどうのって、どこからの情報なんだ」

「さあ、それは知らないけど、実際に上手いから自然とうわさになってたんじゃ……」

「うわさになるほどか？　個展を開いたわけでもなく、賞を獲《と》ったわけでもない。別段個性もなく写実的に描けるってだけだ。それなら写真のほうが遥《はる》かにいい」

「そんな深刻に考えなくても。子供なんだし、写実的な絵のほうがわかりやすい上手さかも」

潤はそういうなり子供たちに、「可畏の絵、すごいよね？　上手だよね？」と問いかける。

慈雨と倖は考える間もない勢いで、「ん、しゅごいの！」「ん、じょーず！」と万歳した。

確かに自分は手先が器用だ。子供たちのリクエストでアニメキャラを描いたこともあったが、Eテレに出てくる昆布の双子やらタコ星人やら、自分としては簡単すぎるものばかりだった。

「パーパ、あのね、ミロくんね、パーパのおえかきみちゃいって！」

目をキラキラと輝かせながらそういった倖は、さらに続けて「コンブじょーずよって、コー、ゆったの。タコさんもね、じょーずよって、ゆったのよ」と誇らしげに胸を張る。

「情報源はお前だったのか……」

「風のうわさじゃなく、パパ自慢だったんだな」

「ん？　んー……コー、ダメらったの？」

「いや、大丈夫だ。お前はなにも悪くねえ」

命にかかわること以外は、潤のように何事も前向きに考えるよう努めなければ……と思った可畏は、倖を安心させるべく笑ってみせる。

倖に罪などあるはずもなく、問題はミハイロを納得させられるかどうかだ。

滅多に会えない我が子から、動画を通じてわざわざ絵を見たいといわれている以上、期待に応えなくてはならない。ほどほどや、そこそこというレベルでは不十分だ。

「取り急ぎ買いものに行ってくる」

きびすを返すと、「え？　は？　買いもの⁉」と声を裏返すほどおどろかれる。

確かに自分では滅多にしないことだが、「え、嘘《うそ》！　可畏が買いものーっ⁉」とさらに素っ頓狂な声でいわれると、なんだか心外な気がした。

買いものといえば、グループ傘下の百貨店の外商部や、秘書を始めとする部下たちを利用し、それ以外ではネットで済ませることが多かったが、時折自ら足を運ぶ店もある。

多くの商品の中から自分の目で見て選びたくなるのは本で、都内の大型書店と竜泉《りゅうせん》学院内の書店は行きつけの場所だった。やむを得ず図書館を利用することもあるが、原則として新品の本か電子書籍しか読まない。嗅覚が優れているため、他人の体臭や生活臭が染み込んだものに触れるのははなはだ苦痛で、竜人の多くは不都合な性質を持っている。

──基礎デッサン、人物の描き方、似顔絵上達術、水彩画の基本、色鉛筆の可能性……。

学院内の書店の奥にある美術系書籍のコーナーで、興味の向くまま本を手にする。

二十冊を超えると重みも厚みも相当なものになったが、ティラノサウルス・レックス竜人の膂力《りょりょく》と人一倍大きな手で、危なげなく持っていた。もちろん片手で十分だ。

「──ッ」

本棚の最上段から改めてタイトルを追っていると、不意にカシャカシャと音がする。

遠慮して誰も近づかないコーナーの先の、だいぶ離れた場所に潤が立っていた。

愛用のカメラを構え、ズームで撮られる。盗撮、あるいは無断撮影だ。

慈雨や倖の姿はなく、近くにヴェロキラプトル竜人や生餌《いきえ》もいない。

おそらく彼らに子供を預け、恐竜の影を追ってここまで来たのだろう。

「おい、そんなとこでなにやってんだ」

他の者なら絶対に許さないが、潤なら裸でもなんでも御自由に——と思ってはいるものの、なぜいきなり写真を撮られるのかわからなかった。

「勝手にごめん、可畏が頑張ってるとこ撮りたくて」と、潤はいたずらっぽく舌を出す。

「ただ本を選んだだけだ、頑張ってるうちに入らねえ」

「うんうん、でもこれから頑張るんだろ？」

「一夜漬けでどこまで上達するかわからねえが、ミハイロに見せられるほどの絵がない以上、新たに描くしかねえからな。ミハイロをモデルにして、短時間で上手く描く技術が欲しい」

「すでに上手いのにさらに努力するあたり、ほんと偉いと思う。ミロくんが大きくなったとき、今日の裏話していいよな？　この写真を見せつつ、『実はあのとき……』って感じで」

そういって笑う潤は、目の前に来て撮った写真を見せてくる。

小さな液晶画面に、本棚を真剣な顔で見上げる自分の横顔が映っていた。

「ほんと、いいパパだよな。俺は……父親を早く亡くしてるせいもあるかもだけど、なんだか子供たちがうらやましくなる。最高のパパすぎて」

「――最高の、パパ？　俺が？」

半分冗談でいっているのかと思ったが、「自覚ないんだ？」と訊き返される。

自覚などあるはずがなかった。もちろんよい父親でありたいとは思っているが、手本もなく、ただただ己の心に従っているだけだ。愛しい者を守り、幸せにしたい一心だった。

「そうやって自覚もなく意外そうな顔してるところが、いいパパの証拠なんじゃないかな？　なんの迷いもなく自信満々な父親って、ちょっと違う気がする」

「めずらしく哲学的なことをいうんだな」

「だって自分で評価できることじゃないだろ？　けど俺から見たら、超最高のパパだよ」

潤はカメラを構え、「本のタイトルこっち向けてー」といいながらシャッターを切る。

いつの日か、この写真を見て子供たちが今日を思い返す日が来るのだろうか。そのときは、潤も自分も一緒にいたい。あんなこともあった、こんなこともあったと、笑っていたい――。

「ピースとかなにか、しておくか？」

レンズの向こうの潤に笑いかけ、複雑な形をした五人家族の未来について考える。

子供たちからも高い評価を得られるかどうかはわからない。ただこれからもずっと、全身全霊で家族を愛していく自信は、十分に持っていた。

欲深き肉食の婚約者

プロポーズらしきもの数回、ドローンを使った派手で正式なプロポーズが一回。そして婚約式、婚約披露宴——ここまでが今年のイベント。肝心の結婚式は三男ミハイロを我が子としてオープンにできるようになってから……なので今のところ未定。おそらく数年後になる。

竜寄《りゅうざき》グループが所有する無人島、鬼子母《きしも》島の野外ステージで、白いタキシード姿の潤《じゅん》は同じ恰好《かっこう》の可畏《かい》と向き合った。

月も雲もない八月の夜に、満月のような正円のステージ。暗闇の中で白く光っている。

今夜のために作られたステージは、下からの光を透過するスモークパネルで出来ていた。

半分は白薔薇《ばら》のウォールで囲まれ、澄ました香りが夜風に乗って流れてくる。

「お集まりの皆さん、この栄えある式典に御参列いただきましたことに心より感謝申し上げます。これより、我らが竜王ティラノサウルス・レックス竜人、竜寄可畏様の婚約式を始めさせていただきます！」

マイクを通した司会の声が島中にひびく。

そんなに大っぴらに竜人とかいっていいのかと突っ込みたくなる潤だったが、現在この島にいるのは竜人三千人と人間ひとり、なので問題ないのだろう。

「今宵《こよい》、可畏様と正式に婚約する幸せなお相手は、超進化型人間、潤様です！」

いやいや、対戦相手じゃないんだからそんな紹介の仕方ないでしょ……とこれまた突っ込みたくなったが、潤は原則として竜人の世界の常識にならうことにしている。引き攣りそうになるのをぐっとこらえて、三千人から送られる拍手にニコニコと笑顔を保った。

――人間の場合、こういう会場の入り口には『竜嵜家・沢木《さわき》家』とか、両家の名前を平等に並べたりするもんだよな……まあ、それをやったらやったで違和感ありまくりだけど……。

可畏自身は沢木家との交流があるが、種族を超えているせいか、家と家の結婚とは少し違う気もする。

アジアはもちろん欧州からの招待客も大勢参列しているこの場で、『沢木家』を強調されるのは抵抗感ありまくりだ。結局、「お相手は超進化型人間、潤様」という紹介が適切なのかもしれない。

「皆様、静粛に願います！」

司会が声を張ると、水を打ったように拍手が消えた。

代わりに薔薇のウォールの向こうにひかえるオーケストラが、アルゼンチン・タンゴのアレンジを演奏する。

竜泉《りゅうせん》学院高等部を卒業したときのプロムナードで、可畏と踊った曲だ。今はエレキギターの音がなく、もっとずっとお行儀がよくなっているけれど、ふたりで練習した情熱的なタンゴを思いだす。

「私、竜嵜可畏は……」

いつもは「俺」という可畏が、体だけを参列者に向けながら粛々と宣言する。

顔はこちらを向いたままで、潤も同じようにした。これはプロポーズではなくお披露目の式だけれど、その言葉はやはり、お互いを見つめながら……手をつなぎ合って交わしたい。

「ここにいる最愛の恋人、沢木潤との婚約を表明する」

タキシードに仕込まれたマイクを通して、可畏の声がひびき渡る。

潤はうなずき、可畏に向かってほほ笑んだ。

わあっと拍手と歓声が湧き起こる。

日本語以外もまざっていたが、「おめでとうございます！」と聞こえてきた。

翼竜リアム・ドレイクや生餌《いきえ》たちとともに最前列にいる慈雨と倖、そしてミハイロも、なにかいいながら拍手やバンザイをしている。

後方でひゅうっと音がして、夜空に花火が上がった。

都会ではプラネタリウムに行かなければ見られないような星が普通に見える。

そこに花火を割り込ませるのは少し野暮だが、競演と思えば悪くない。

ステージの前から視界の果てまで、人、人、人で埋めつくされ、彼らが背負う恐竜の影が重なっている。肉食恐竜もいれば草食恐竜もいて、一応左右に分かれてはいるものの、誰もが空を仰いで日本の花火に見入っていた。

ドォーン、ドォーン！　と色とりどりの花が咲いては消える中、司会が「これより婚約披露宴を開催いたします！」と声を上げ、またしても大きな歓声が上がった。

ここからは潤もアイデアを出した披露宴の始まりだ。

観客の両脇にひかえていた露店のちょうちんが、絶妙なタイミングで明かりをともす。

海外からの参列者にたのしんでもらえるように……そして慈雨と倖とミハイロにとってよい想い出になるように、披露宴は日本のお祭りスタイルにした。

司会やスタッフが、「浴衣に着替えたい方はどうぞこちらに！」と声をかけている。

島のホテルと特設テント内で、好きな浴衣に着替えられるサービスだ。

その間に花火とドローンによるショーが開催され、露店は開店準備を進める。

鉄板に火を点《つ》けて、お好み焼きやヤキソバ、タコヤキやトウモロコシ、ベビーカステラを焼く店もあった。

そういった庶民的な露店とは別に、ホテルのビュッフェ代わりの露店もたくさんある。

ローストビーフやステーキ、ロブスター、キャビアやトリュフなどの高級食材をあつかう店や、サンドイッチや寿司、天ぷら、中華まん、チヂミの露店も並んでいる。

ケーキやパフェはもちろん、かき氷もあればソフトクリームもわたあめもあり、ワインやシャンパン、ビールに焼酎、冷やしあめにスムージーなど、食べものも飲みものも参列者の好みのままになんでもありだ。

ただし、本当になんでもありなのは風下になる右手の露店だけで、風上になる左手は草食竜人用のヴィーガンスタイルと決められていた。きっちり分けることで誰もが有意義にすごせるよう徹底したのは、食で苦労してきた潤のアイデアだ。

「潤、着替えにいくぞ」

「うんっ」と元気に答え、可畏と手をつないだまま移動する。

竜嵜家専用の特設テントでタキシードから白い浴衣に着替えて、子供たちと合流する予定だ。結婚式と同様に白は主役のふたりだけの色で、参列者は色つきの浴衣を着る決まりになっている。

「わあっ、すっごい可愛い子がいると思ったら……うちの子だったーっ！」

両手を広げて待ち受けると、次男の倖が「マーマ！」と飛びついてくる。

種族的な事情で重い長男の慈雨は、へこ帯をひらひらとさせながら「パーパ！」と可畏に飛びついた。

三男でありながらひとりだけ五歳くらいまで育っているミハイロを、潤は可畏と一緒に引き寄せる。ふたりがかりで背中や頭をさすった。

それだけじゃ足りないと思ったのか、可畏が片手でひょいっとミハイロを持ち上げる。

「カイパパ……ボク、アルク、デキル」

「わかってる。けどこうしたいんだ、露店の前までこのままにさせてくれ」

はにかむ。

「オカッパ頭に浴衣、最高に似合うな。お前は俺の自慢の息子だ」

可畏に見上げられてうれしそうなミハイロが、「カイパパ、アリガトウ、ゴザイマス」と、

「ウ、ウン」

満月と新月のときしか会えない父子の感動的なやりとりのはずだったが、慈雨がすぐさま「ジーウは⁉　ジーウは⁉」とうるさくするので余韻もなにもなかった。

可畏はやれやれという顔をしながら、「もちろん慈雨も倖も自慢の息子だ」と答える。

潤の腕の中の倖はにこやかにほほ笑んでいたが、慈雨はやれやれ感が気に入らなかったらしい。「やー、ちあう！　ちあうの！」と不満げだった。

「慈雨、これからまたみんなの前に出るよ。いい子にして」

慈雨とミハイロをかかえた可畏と、倖をかかえた潤は、竜嵜家専用の特設テントを出る。

後ろには色とりどりの浴衣を着た生餌や、ヴェロキラプトル竜人がひかえていた。

もちろんリアムも浴衣に着替えている。

日本贔屓《びいき》のリアムは祭り仕様の披露宴に大乗り気で、見た目にも気合いが入っていた。目の色に合わせたラズベリーピンクの浴衣を染めの段階から指示して作らせ、御自慢のストロベリーブロンドをポニーテールにしている。男物を着てはいるものの、雌雄同体の絶世の美人ということもあり、綺麗なお兄さんのようなお姉さんのような、独特な存在感だ。

クリスチャン・ドレイク博士に愛想をつかして家出し、大学生として竜泉学院の寮で暮らしているリアムに、ミハイロもなつきつつあった。元々縁のある慈雨と倖はいうまでもない。

「可畏様、潤様、他の皆様も準備はよろしいですか？　問題ないようでしたら再入場のアナウンスをさせていただきます」

今夜は披露宴担当のスタッフとして働いている秘書の五十村《いそむら》が、インカムを使って別のスタッフに指示を出す。

再入場の音楽は、これまでとは打って変わって和太鼓が打ち鳴らされた。

先ほどまで主役がいたステージは奏者で埋まり、異国から来た参列者が夜空のショーとステージを同時にたのしんでいる。

数千台のドローンショーは花火に負けず劣らず圧巻で、立体的なティラノサウルス・レックスが夜空を駆けていた。おなじみの恐竜だけではなく、子供たちが大好きな昆布の双子《ふたご》や『だいふく3きょうだい』も登場して場をなごませる。

日本語や英語の他に、中国語や韓国語での歓待メッセージが次々と表示され、そのたびに歓声が上がった。

「だいふく！　だいふくいたよ！」

「ニイサンタチノ、コンブイタヨ！」

「パーパいたね！　おっきいきょおゆいたねー」

水色の浴衣姿の慈雨と、薄紫色の浴衣姿のミハイロ、そしてピンク色を着た倖が、ドローンショーに歓喜する。

その姿こそが、可畏と潤にとっては一番の見ものだった。

思わず顔を見合わせ、ショーの成功をしみじみと分かち合う。

「可畏様、潤様、御婚約おめでとうございます！」

三千人の参列者の中を歩みながら、何度も何度も声をかけられる。

家族で露店をたのしむ可畏の邪魔をする者はいなかったが、どこへ行っても祝意を示され、そのたびに拍手がわき起こった。

「アハ、こんなに祝福してもらえると思わなかった」

「当たり前だろう。そういう竜人しか呼んでない」

「でもほら、俺は一応人間だしさ……」

「人間離れした超進化を遂げて、子供を産んだことは公然の秘密だからな。元が人間だからといって誰も文句はいえねえ。それに、お前は……」

「──ああ、うん……わかってる」

可畏の言葉がうれしくない方向に向かうのを感じて、潤は続きをさえぎった。

ひと悶着以上のことがあったが、潤は自分の意志で、竜人組織フヴォーストから絶対不可侵権を得た。

手出し無用の絶対不可侵権は、竜人社会にとって特別有益な者に与えられる権利だ。ここに集められた三千人の参加者に限らず、地球上のどんな竜人も潤に手を出すことはできない。特別な価値のある者として、下にも置かないあつかいを受けるのは当然だった。

それはすなわちツァーリのお気に入りという立場を受け入れることになるが、そうしてでも平和な暮らしがしたかったのだからしかたがないと思っている。後悔もしたが、今こうして堂々と竜人にまぎれていられるのは、絶対不可侵権のおかげだ。

「だいぶお腹も空《す》いてきたし、次はどこ行く？　やっぱりベビーカステラかな？」

「わたーめーっ！　ジーウね、わーためたべゆの！」

「わたあめはもらっただろ？　手がベタベタになっちゃうから帰ってから食べようって、さっきいったよ」

「やーの！　ジーウね、いま！　いまたべゆの！」

子供たちがわたあめのにおいに惹かれていたので、真っ先にわたあめ屋に向かい、『だいふく3きょうだい』の絵柄が入ったパンパンの袋を持って移動しているところだった。

あとでといってもきかない慈雨は、可畏の腕の中で仰向けになってぐずりだす。

「こら慈雨、いうこときかないと尻をぶっ叩《たた》くぞ」

可畏に軽く尻を叩かれた途端に、慈雨は風下を向いて「イカーッ、イカらよ！」と叫ぶ。

肉食竜人用の露店の中にイカのマークを見つけ、水竜人の血が騒いだようだった。

こちらまでにおいはこないが、どうやらイカメシ屋らしい。

慈雨の近くにいたリアムが、「やはり海のものが好きなんですね」とクスクス笑った。

それをほめ言葉と判断した慈雨は、「ジーウね、おうみすきよ！」と得意げに答える。

「イカメシか……イカメシ、食えるのか？」

「うーん、慈雨なら食べられると思うけど、相当こまかく刻まないとダメだろうから、あれもホテルに帰ってからだな」

親たちがそんなことを話しているうちに、慈雨は「ホチャテーッ！　たべゆっ、たべゆの！」と叫びだす。今度は貝類の串焼き屋を見つけたらしい。

その大声にリアムはびくっと身を引いて、「子育てって大変そうですね」と肩をすくめた。

「うん、大変。手のかからないタイプもいるけど」

「ホタテも刻まないと無理だろうな。今はベビーカステラで満足してほしいもんだ」

「ほんとそれ。注目されて可愛い可愛いっていってもらってるのに、バターしょうゆで口のまわりベッタベタになっちゃうよ」

アハハと可畏やリアムと笑いながら、潤はミハイロの視線が一ヵ所に止まっていることに気づく。

今は可畏と手をつないでいるミハイロは、草食竜人側にある水あめ屋を見ていた。

「ミロくん、水あめ食べたい？」

あれもこれもと気の多い慈雨とは違い、ミハイロは氷の上に並べられた水あめに目を輝かせている。他人行儀な遠慮はせずに、「ミズアメ？　タベレル？」と素直に訊いてきて、「ミズアメ、キレイ」とほほ笑んだ。

かつては無表情かアルカイックスマイルしか見せなかったが、だいぶ表情豊かになってきて、見ているだけで幸せになれるような笑顔を向けてくれる。

「水あめ、ミロくんなら食べられるよ。スモモやアンズが定番だけど、ミカンとか桃もあるね。ミロくんはどれが食べたい？」

「……ミズアメ、ニイサンタチ、ダメ？」

「うーん、そうだねえ……口は達者になったけど、まだ赤ちゃんだから……ちょっと無理かな。ミロくんは気にせず食べていいんだよ」

「……ウウン、ミルダケ、タノシイ」

にこりと笑うミハイロは、特に我慢しているふうではなく、残念そうでもない。

兄たちと同じようにしたいと、心から思っているのがわかった。

そんな子だからこそ余計に愛《いと》しくて、潤も可畏もミハイロをなでてなでてなでまわして、「もっとワガママいってー」「なんでもいっていいんだぞ」と甘やかさずにはいられない。

「マーマ、コーね、あれたべちゃいの」

空気を読める子ナンバー1の倖が、少し先にあるベビーカステラの店を指さす。

ヴィーガンサイドの店なので、卵不使用のベビーカステラを作っていた。

男児でありながら竜嵜家の紅一点的ポジションの倖の意見は、鶴の一声になりがちだ。

ミハイロはもちろん、遠くのイカやホタテに気が行っていた慈雨もすぐさま引き寄せられ、「ジーウも、ジーウもたべゆ！」と乗ってくる。

「あとねー、ジーウね、ヨーヨーしゅるの！」

「うんうん、いいねー。ベビーカステラ食べて、みんなでヨーヨー釣りしよう。スーパーボールすくいもあるし、輪投げもあるよ」

「コーもれきる？」

「うん、大丈夫だよ。慈雨も倖もミロくんも、全部できるよ」

花火がドォーン、ドドドォーンと上がり、和楽器が奏される中、一家プラスリアムの六人で二つの床几《しょうぎ》に腰かけて、ベビーカステラを食べる。

潤は子供たちのために一つを四等分に分け、喉をつまらせないようひとかけらずつ配った。

「おいちー、ふわふわらね」

「オイシイ、アマイネー」

「マーマ、もっとーっ」

ぶらぶら揺れる慈雨の足をパシッととらえ、小さく切ったベビーカステラを食べさせる。

あとをついて来ていた生餌たちが、「ヨーヨーとスーパーボールすくいの場所、先に行って確保してきます」と出かけていった。

おめでとうございますと声をかけにくる有力竜人もいたが、可畏はあくまでも家族優先で、誰が来てもさらりと受け流す。

六人で並んで座りながら、表面だけカリッと焼けたベビーカステラを食べた。

「可畏は卵ありの普通のやつのがいいんじゃない？　子供たちもだけど」

「そもそもこういうもんを食ったことがねえ」

「――ああ、御曹司だから……」

「お前のおかげでいい経験ができそうだ」

「お祭りって発想なかったもんな」

「普通にナイトガーデンパーティーをやるところだった」

「たまにはこういうのもいいだろ？　日本的で」

祭りの夜店っぽくしたいと提案した潤は、ちょっと得意になって笑う。

日本の夏といえば、花火大会、夜店――というイメージがあるだけに、可畏や子供たちにそういう経験をさせたくてしかたなかった。

この先、人間にまぎれて花火大会に行けるかどうかはわからないし、ヴィーガン向けの出店だけが並んでいる祭りなんてそうそうないだろう。子供たちがうんと大人になったらどこへでも行けるかもしれないが、乳幼児の今はとても無理だ。

「俺もさ、イメージはあるってだけで、実際にはまともに行ってないんだよな。二度、三度かな……連れて行ってもらったことあるんだけど、においがダメで逃げ帰った。ベビーカステラは鈴みたいにコロコロしてておいしそうに見えたけど、卵が入ってるから食べられないし……氷の上の水あめに惹かれても、どこからかイカ焼きやフライドチキンのにおいがしてきて無理だったんだ。あと、金魚すくいが苦手で……」

生きものの感情を不意に読んで同調してしまう潤は、他の子が当たり前にたのしめるものをたのしめず、子供のころは今よりも苦手なものが多かった。

においもダメ、見るのも近づくのもダメ――けれどもそれを他人にはいえなくて、我慢して我慢して、最後は体調不良で逃げ帰るパターンをくり返し、やがて行けなくなった。

「子供たちには、いろいろ経験してほしいな。ヨーヨー釣りもスーパーボールすくいも、俺は一度もできなかったから」

あ、でもお土産のわたあめは食べたことあるよ――とつけ足すと、可畏に肩を抱かれる。

子供たちをはさみつつも器用に抱かれて、骨っぽい肩をポンポンと手のひらでつつまれた。

ちらりと注がれるリアムの視線が気になったが、いまさら恥ずかしがってもしかたないので気づいていない振りをする。

「可畏……お祭りスタイル、採用してくれてありがとな」

「俺もたのしい。子供たちもよろこんでるし、すばらしくいい案だ」

「――エヘヘ、ほめられちゃった」

潤が照れ笑いをすると、慈雨と倖からも「マーマ、えらーの」「マーマ、いいこ、いいこよ」とほめられる。

ミハイロも、「オマツリ、ボク、タノシイ」と笑った。リアムも一緒になって、「日本贔屓の私のためにあるような企画だと感激しているところです」といってくれる。

くつろぎながらまわりを見てみると、参列者の笑顔がいくつも目にとまった。

みんな思い思いに動き、祭りをたのしんでいる。

スーツ姿のまま露店を回る竜人もいれば、浴衣に着替えている竜人も半分くらいいて、特に海外からの参列者に浴衣が人気のようだ。日本語だけではなく英語や中国語も飛び交い、肉食恐竜と草食恐竜の影が当たり前に行き交う。

殺傷厳禁の島だからというのもあるが、人間の祭りと同じように平和で活気があって、目に映るものすべてが輝いて見えた。

「――なんだ、ざわついてるな」

可畏がステージとは逆の下手《しもて》を見て、声を低める。

今夜はどこもざわついているのに、あえて反応したのはよくない意味だとすぐにわかった。

嫌な盛り上がりは、たとえようもない違和感を持っている。人々が集まって話しているという点では同じなのに、流れる空気がざらついていて、危険を察する本能を刺激された。

「あれは……」

モーゼの十戒のように場が割れて、薄暗がりから長髪の男が現れる。

ダークスーツを着ていて、歩き方が実に優雅でまっすぐだ。とても際立っている。

「リュシアン・カーニュ……ッ」

可畏が男の名を口にし、息を呑む。

リアムも、「なんだってこんなときに」と、くぐもった声でつぶやいた。

「リュシアンさん、なんでここに……中身、本物？」

訊いたところで誰にも答えはわからない。

明確なのは、彼が招かれざる客ということだけだ。

潤は慌てて子供たちを抱き寄せようとしたが、可畏がそうするほうが早かった。

恐竜の影を持たない『なりそこない』あるいは『サバーカ』と呼ばれる種のリュシアンは、他人に体を貸し与える能力を持っている。

もちろん誰にでも貸すわけではなく、彼はツァーリのために身を捧《ささ》げる。

自分の体だとマークシムス・ウェネーヌム・サウルスの影を背負ってしまうツァーリにとって、リュシアンは目立たず動くための恰好の入れものだ。

――たぶん、あれはツァーリじゃない。なんとなくとしかいえないけど、ツァーリじゃない気がする。

そもそもツァーリは、「潤に会いたいときは自分の体で来る」と宣言していた。それを真に受けてよいかどうかはわからないが、自分でいったことを簡単にくつがえす男だとは思えない。

そうなると視線の先にいるのは本物――世界的トップモデルで、ツァーリの腹心のリュシアン・カーニュ本人ということになる。

「リュシアン！」

隣で嬉々《きき》とした声を上げたのは、ミハイロだった。

普段はツァーリが支配するエリダラーダでリュシアンと一緒に暮らしているミハイロには、中身の見分けがつくのかもしれない。ミハイロがリュシアンと呼んでいるなら、きっと中身もそうなのだろう。

「ミハイロ様」

リュシアンもこちらを見て、にこりと笑った。すでに距離は縮まっている。

優しげな緑の目に、アーモンド色に近いブロンドの長髪。仕事によって別人のように雰囲気を変えるカメレオンモデルとして高く評価され、ハリウッドからもオファーが絶えない人気モデルは、相変わらずチャーミングできらめきと華やぎに満ちている。恐竜の影を背負っていないという点では目立たないが、人としては目立ちすぎるくらい目立つ男だ。

「どうやってこの島に入った」

可畏は立ち上がらず、床几に座ったままミハイロの肩を抱いていた。

約束の日時までは絶対に返さないという可畏の姿勢を、潤も強く支持する。

なにかしら事情があるにしても、婚約披露宴の夜に……それも、子供たちにとってもたのしい祭りの最中に取り返しにくるなんてひどい話だ。いったいどんな事情があるのかと詰め寄りたくなる。

「ミハイロ様のお迎えにきたわけではありませんので、御安心ください。この島にはニコライと一緒に来ました」

人目があるので詳しくは語らないリュシアンは、意味ありげな視線を向けてくる。

リュシアンと同じサバーカのニコライ・コトフは、空間移動能力の持ち主だ。

能力発動時に身体的ダメージを受けるため制約もあるが、ニコライと一緒ならどんなセキュリティでも突破できてしまう。

「――暴君竜、このたびは御婚約おめでとうございます」

リュシアンは他の竜人には聞こえないほど距離を詰め、祝いの言葉を可畏に向けた。

「この場でミハイロ様の出自について、一方的な発表をされるのは困りますので、ニコライと組んで偵察に参りました。ですが……そういったことはなさらないようなので一安心したところです」

流暢《りゅうちょう》な日本語で来訪目的を語ったリュシアンは、花火にかき消されそうなほど声を潜めた。

出自に関する一方的な発表——それはつまり、ミハイロは俺の子だと、この場で可畏が明言することだろう。

もしもそんな発表をしていたら、リュシアンはすぐに出てきて訂正したのかもしれない。

「ミハイロ様は竜嵜可畏と沢木潤だけの子供ではなく、ツァーリの子供でもあります。三人の親を持っているのです」と訂正されたら、婚約式も披露宴も台なしになっていただろう。上辺は予定通り進行したとしても、ただよう空気はまったく違うものになっていたはずだ。

「リュシアン……モンダイ、アリ、デスカ？」

「いいえ、なにも問題ありませんよ、ミハイロ様。予定通り、明日の夜お迎えに上がります」

不安げなミハイロに一礼したリュシアンは、ブロンドを揺らしながらゆっくりと顔を上げる。可畏と潤を交互に見下ろし、不気味なほど愛嬌《あいきよう》のある笑みを浮かべた。

綺麗かつ完璧だが、モデルらしい作り笑顔だ。

「おふたりとも本当におめでとうございます。招かれざる客はこれで失礼いたします。どうぞ、末永くお幸せに」

含み笑いを残して、リュシアンはきびすを返す。

後ろ姿も様になっていて、ミュージックビデオでも観ているかのようだった。

鳴り続けていた花火や和楽器の音が、急に大きく聞こえてくる。この場に合わない気がするせいだ。

本当に合わないのはリュシアンであって、祭りのような披露宴は続いているのに……空気が変わってしまった。凍りつくほどではないけれど、ささくれ立って胸に引っかかる。

——うちの子ですとか、公表しなくてよかった……。

ミハイロに限らず、慈雨にしても倖にしても、まだ公にしないほうがいい特殊能力を持っているため、可畏は子供たちの正式な披露をしなかった。

この場にいるので可畏の子だということは誰もが察するだろうが、今のところは「なんだ、恐竜の影も持たないサバーカか」と低く見積もられているだろう。我が子が侮《あなど》られるのは親として非常に癪《しゃく》ではあるが、子供たちの安全を考えたらそのほうがいい。

「アイツが来るとロクなことがない」

ぼそりとつぶやいた可畏は、ミハイロの頭を抱き寄せて銀色の髪をわしゃわしゃとなでた。

エリダラーダでミハイロの世話係を務めるリュシアンをあまり悪くいうわけにもいかず、可畏なりに言葉を選んでいる。

「カイパパ、リュシアン、ワルイ？　ゴメンナサイ」

「ミハイロ……お前が謝る必要なんて少しもない。アイツはアイツの職務を……仕事をしているだけだ。誰が悪いって話じゃないから、なにも心配しなくていい」

なめらかな髪をさらにくしゃくしゃとなでた可畏は、それだけは足りない様子でミハイロを抱き上げる。

奪われる心配はなくなったのに、白い浴衣のひざに乗せてがっちりとガードした。

「大丈夫だ」とささやいて髪に顎を寄せる。

普段は嫉妬深い慈雨も、今は倖と一緒におとなしく座っていた。

リュシアンが来るとミハイロとお別れの時間だとわかっているせいか、連れていかれなくてホッとしているようだった。

「ミロくん、ジーウとヨーヨーしゅるよね？」

見た目は幼くても、一番上の兄という立場を誇っている慈雨の言葉に、ミハイロはパッと表情を明るくする。「コーもいっちょよ」と倖がいうとますますうれしそうな顔をして、「ウン！」と大きくうなずいた。

「ジウニーサン、ヨーヨー、ナニ？　タベモノ？」

「んー？　ヨーヨー……わかんにゃい！」

「コーも！　わかんにゃい！」

三人でキャッキャと笑いながら「ヨーヨー」「ヨーヨーッ！」と両手をぐるぐると振って、なんだかわからないものを表現する。

「――招かれざる客なんて、まったく迷惑な話ですね」

床几の端に座っているリアムが……かつては招かれざる客だったリアムが、ぼやく。

なにはともあれリュシアンは去り、遠巻きに見ていた参列者も祭りに戻った。

ひりついた空気は少しずつほどけていき、不穏なざわつきとは違うにぎわいがよみがえる。

「さてと、そろそろヨーヨー行こうか」

初めてのヨーヨー釣り、ちゃんとできるかな……と心配しつつ声をかけた潤の頭に、べつの心配がよぎった。

慈雨は水を凍らせる能力を持っているので、ヨーヨーが上手く釣れなかったら、カチーンとやってしまうかもしれない。倖は物体の重力をなくす力で釣り放題も可能だ。ミハイロには高速移動能力があり、シュパパッと一瞬で全部かき集められるかもしれない。

「――パーパ、マーマ……あのね、チャーンね、くりゅの」

ズルしまくりの現場を思い描いて顔をしかめていると、倖が空を指さした。

一瞬なにをいっているのかわからなかった潤とは違い、可畏はすぐさま「ヘリの音が……」とつぶやく。

ほぼ同時にリアムも空を見上げ、「あれはっ」とおどろきの声を上げた。

「チャーンって……オジサン？」

訊きながら可畏の視線を追うと、次第にパラパラと音が聞こえてくる。

花火やドローンショーにまぎれていてもよくわかる、ヘリコプターの音だ。パラパラがバラバラになり、うるさいと思ったときにはもう、パラシュートが見えていた。

「クリス……ッ！」

夜空にパラシュートが広がり、風をはらむ。

リアムは弾《はじ》けるように立ち上がった。

ポニーテールにしたストロベリーブロンドがしなる。

「オジサン……ッ、なんで、空から……？」

慈雨と倖が「チャーン！」「チャーンらね！」とよろこぶ中、潤は呆然《ぼうぜん》と居すくまる。

苦虫を噛みつぶしたような顔をする可畏とともに、子供たちが異能力を発揮しないよう押さえていることしかできなかった。

――招待状は……出したんだよな？　可畏は出さないっていってたけど、説得したし……間違いなく出したはず……。

つまりリュシアン・カーニュとは違って招かれざる客ではなく、クリスチャン・ドレイク博士は主催者の父親……招待客というより身内だ。でもまさか、式が終わったあとにヘリでやって来て、空から登場するとは思わなかった。

「リアムちゃーん！　今そっち行くよーっ！」

「クリス……ッ」

彼が空から降りてくるのを、会場にいる誰もが見上げる。

もはや主役は可畏でも潤でもなく、めずらしくドレスアップしたクリスチャンになっていた。

普段は制服みたいに同じ恰好をしていて、カラーシャツに白衣、無精ひげなのに、今夜は黒タキシードに白パラシュートという、きちんとしているのか奇天烈《きてれつ》なのかわからない恰好だ。

「あっ、露店の上に！」

このままでは店の上に着地してしまう……と思ったそのとき、リアムがふわりと宙を舞う。

翼竜王と呼ばれるほど優れた飛行能力で風船のように浮き上がり、地上十メートルほどのところでクリスチャンの手を取った。

難なく軌道を変え、右列の露店と左列の露店のちょうど中央に誘導する。

ごった返していた参列者は蜘蛛《くも》の子を散らすようによけ、ぽっかりと空いた空間にクリスチャンが着地した。

役目を終えた白いパラシュートが、花嫁のベールのように通路に流れ落ちる。

それはどことなく神聖な雰囲気を醸しだしていた。

花嫁のベールが似合いそうなのはリアムのほうだが、あいにくリアムは浴衣姿だ。

「リアムちゃん！」

自分の足でしっかりと地面に立ったクリスチャンが声を張り上げる。

リアムは「……は、はいっ」とびっくりした様子で返事をした。

潤は可畏と床几に座ったまま、子供たちが動かないようホールドするのが精いっぱいで、謎の光景に息を呑む。

倖とミハイロ、慈雨までもがおとなしく見守る中、花火だけは空気を読まなかった。

ある意味では読んでいるのかもしれないが、ドォーンドォーンと派手に上がり続ける。それ以外はおおむね静かだ。ヘリは去っていったし参列者は足を止めている。遠巻きにしーんと静まりながら、誰もが彼らに注目していた。

「リアムちゃん！　僕は……っ、君がいないと研究に集中できません！　君がいつ帰ってくるのか気になって、ミスばかり連発してます！」

リアムが目の前にいて、手をつないでいる状態にもかかわらず、クリスチャンは大きな声を張り上げる。普段は、よくいえばスマートで、悪くいえば研究以外のことは投げやりで適当な男でも、緊張するときはするらしい。

これはもしや、もしやアレか、そのためのタキシードなのか……と耳を澄ますと、すうっと息を吸い込む音まで聞こえた気がした。

「リアムちゃん……っ、僕と、僕と結婚してください！」

うわ、いった。目を見てちゃんといった。オジサン、よくいえたね——と心からの賞賛を送り、釣られて息を吸い込んだり拳をぐっと握りしめたりしてしまうのはなぜなのか……自分で思っていた以上に、クリスチャンのような男に惚れ込むリアムの今後を心配していたのかもしれない。

男としてのリアムには多少うらみもあるものの、クリスチャン・ドレイクのお嫁さんになりたいリアムに対しては、心配しつつも応援する気持ちが確かにあった。

リアムはどうするのか、突然のプロポーズにどう答えるのか、おそらく会場中が注目する中、リアムが「はい！」と答える。

わかりきってはいたけれど、よろこびでいっぱいの明るい返事を耳にすると、自分のことのようにホッとした。

「リアム……オジサン、おめでとう！」

率先して祝福し、拍手を送る。

子供たちが「おめれとーっ」と続き、わっと歓声が上がった。

様々な光であふれた会場が、今日一番くらいの盛り上がりを見せる。

空気が揺れるような拍手、いくつもの言語で飛び交う祝福の声——何度聞いても心地がよいけれど、あれれ……えー、これはいったいどういうことですか？　と思うくらいボリュームが大きくて、本当に主役の座を奪われてしまった。

——もうお酒も入ってるしな……。

うん、そういうもんだよ。くつろいでるときのがノリよくなるよな。サプライズは盛り上がるもんだし、しかたないって……と可畏をなだめるつもりで目を向けると、不思議な横顔がそこにあった。

複雑な関係の実父が花婿のような顔をしているのを、可畏はまさに複雑な顔で見ている。もしかしたら少しさみしいのかもしれない。その一方でうれしいのかもしれない。

あるいは、マッドサイエンティストの父親が人として真っ当な感情を見せたことに安心して、胸をなで下ろす心境なのかもしれない。読心の能力は働かなかったが、色とりどりの光を映す可畏の瞳は、いつになく穏やかに見えた。


招待客の大半が鬼子母島をあとにする中、潤は可畏とともにホテルに泊まる。

もちろん子供たちも一緒だが部屋は別で、子守りは生餌たちに任せた。

ミハイロが日本に来ているときはできるだけ一緒にすごすようにしていたので、今は本当に特別だ。

「リュシアン・カーニュは現れるし、クリスチャンは人の婚約式に便乗するし、いったいなんなんだアイツらは……厚かましいにもほどがある」

案の定、可畏は不機嫌になっている。

白い浴衣姿のままソファーに座り、ぶすっと顔をしかめていた。

ここでうかつに、「可畏もうれしそうに見えたけど」なんていってはいけない。事実かどうかは関係なく、プライドの高い男は常に取りあつかい注意だ。

特に親絡みの問題は茶化せない。

「ほんとその通りだけど……でもまあ、オジサンとリアムの件はよかったんじゃないかな?

リュシアンさんが微妙にした空気をなごませてくれたし、便乗というより幸せのお裾分けだと思えば……いいかなって」

なだめつつ冷やしあめを手渡し、子供たちにそうするように両手でグラスごと包み込む。

こぼさないよう気をつけてね……という仕草で黙って見つめると、可畏はばつが悪そうに顔をそむけた。

「お前がいいなら、いいけどな」

「うん、俺は全然」

水あめを溶かしてショウガを加えた冷やしあめを、可畏はちびりと飲む。

暑気払いに役立ちそうなショウガの香りが、甘ったるいにおいをぴりっと引きしめていた。

「可畏……」

ついばむようなキスをしながら、潤は可畏の下唇のふくらみを舐める。

やっぱり甘くてスパイシーで、可畏の唇を介すると、味見したときよりもおいしく感じた。

「それに、リアムからは面白いものをもらってるし……これで機嫌直してくれるといいな」

「面白いもの？」

「うん……これ」

ソファーの上にひざを乗せつつ、浴衣の裾に手を伸ばす。

ひざで踏まないようにした片裾をつまんで持ち上げ、帯下ぎりぎりの鼠径部《そけいぶ》をさらした。

ぐんっと音がするように向けられた可畏の視線が、一瞬の戸惑いのあと固定される。ねじられた白い布にくぎづけになり、厚めの唇が音もなく開いた。

「そ、それは……ッ」

「六尺褌《ふんどし》……日本最屓のリアムがくれたんだ。浴衣の下にはこれがいいって教えてくれて……巻き方はネットで調べて、自分でやってみたんだけど……」

どうかな——と訊くより早く、可畏の視線がぐんっとふたたび戻ってくる。

「いいっ、こんなの、いいに決まってんだろっ」

「う、うん……そういってくれるかなって思ってた」

可畏の手が浴衣の中にすべり込み、太腿《ふともも》に触れる。

そこから鼠径部まで上がったかと思うと、細くねじられた六尺褌をなでた。

いつもの下着とは違い、存在感を持って丸く盛り上がった紐《ひも》状のそれを、手のひらで転がすようになで始める。

「おい……待て、これいつから着けてたんだ？　浴衣に着替えたとき下着まで替えたのか？」

「あ、実はこれ……タキシードのときから着けてました。アウターにひびくかと思ったけど問題なかったんで……あ、でもちょっとドキドキしたかも」

「……ッ、ドキドキしてんのは俺のほうだ。なんなんだ、そのシチュエーション。お前は衆人環視の中、白タキシードの下に白褌を着けて……婚約式もやったってことか？」

可畏は普段まっしろな白眼を血走らせ、信じられないものでも見るような目で迫ってくる。

おどろかれるのは想定内だが、予想を上回る反応にのけ反った。

「そんなに興奮されると恥ずかしい……べつに、後ろにバイブを仕込んでたとか、乳首にローター当ててたとか……そういうエロマンガ的なことしてたわけじゃないんだから、そんなに引かなくてもいいだろ？　時代が時代ならタキシードに褌も、アリだったかもしれないし」

「引いてねえし、そういう問題じゃない……ッ」

「……っ、ぁ、ま……待って……」

ソファーの背もたれに深く押し倒され、両脚をかかえ上げられる。

赤ん坊のおむつ換えのような恰好は恥ずかしいのに、身じろぎしても逃げられなかった。

可畏は褌を前からも横からも見て、なおかつ谷間に食い込む後ろ側まで一気に見える体勢を御所望らしい。

「すげえな、紐パンよか面積多いのに、こっちのが断然エロい」

「可畏、待って……俺、ちょっと汗かいたし、風呂かシャワーを……」

そういったときにはもう、前側のふくらみに顔を埋められていた。

高くまっすぐな鼻で性器をこするように、可畏が顔を左右に揺らす。

そのたびに鼻筋が性器の裏側に当たり、一ストロークごとに硬度が増していった。

「このままがいい。お前の汗のにおいは上等だ」

「……んっ、あ……」

鼻を何度もこすりつけられ、すんすんと鳴らされてにおいを嗅がれる。

今は夏で、ここは沖縄《おきなわ》に近い南の島だ。当然それなりに汗ばんだり蒸れたりもしているのに、可畏は言葉通り上等なにおいとして、そこのにおいを無遠慮に嗅ぎ込む。

「や、ぁ……ぅ」

恥ずかしいけれど、可畏の興奮がリアルに想像できた。

自分も可畏のそこのにおいを好んで愛しているから……寝起きの下着の中で半勃《だ》ちしている雄のにおいを想像するだけで、ぐぐんっと芯がふるえて硬くなる。

ましてや可畏の場合は、捕食者として食欲に直結するにおいを嗅いでいるのだから、その興奮や酔い心地は自分を上回るものに違いない。

だから……それがわかっているから、求められるままひざ裏を抱いて、どうしようもなく淫らなポーズを取ることができる。

「ふ、ぁ……っ！」

谷間に食い込んでいた褌を引っ張られ、しめつけから解放されたところを指でさぐられた。

布地が触れていたときはそれほど違和感を覚えなかったのに、空気にさらされた途端にむず痒《がゆ》くなる。

痒いところへ手が届く感覚そのままに、指で表面をこすられるのがたまらなかった。

「あ、ぁ……っ」

気持ちがよくて、もっと……とねだりそうになるのをこらえ、崩れかける体勢をどうにか保つ。背中をソファーの座面に埋めながら、かかえた脚を天井に向けた。

ひざ裏にあてた両手に力を込めると、細くねじられた褌をずらして後ろをいじられる。

しかも布越しに性器を吸われた。かぷりと食《は》むように唇ではさみ、丸ごと大きく吸引される。

「く、ぁ……や、ぁ……そんなの、すぐ……っ」

すぐイっちゃう……といいかけると、布越しに可畏の熱が伝わってくる。

そこに吐かれる息は熱く、布にじわじわと染みてくる唾液は、まるでお湯のようだった。

「――力を抜いてろ」

潤滑ゼリーの蓋が弾かれる。ほんのりと薔薇の香りが立ち上った。水あめやショウガの香りと混ざっても、意外と違和感がない。

「あ、ぁ……ぅ」

あられもない恰好のまま、指を挿入される。

ゼリーまみれの長い指に、すぼまりを拡《ひろ》げられた。

最初は水気が多くクチュクチュと音がして、次第にねっとりと……粘液と粘膜が一体化した音に変わっていく。粘ついた、いけない感じのする音だ。

「あ、っ……は……！」

本来は生殖器官ではないそこが、ゼリーと可畏の指によって別のものに変えられる。きつかったすぼまりはほころび、不要な緊張をほぐされた内部が蠕動《ぜんどう》した。

「ん、ぁ……や、イっ……ちゃう」

可畏を迎える期待に満ちている今、指だけで達《い》きたくないのに……我慢できそうにない。可畏はこちらの我慢に非協力的で、そろえた二本の指を中でうごめかす。まるでバタ足のように交互に泳がせ、内壁をこすったり、前立腺を指の腹でグニグニと押しほぐしたりと容赦がない。

「ふ、ぁ……や、ぁ――ッ！」

きゅんとせつなくうずく双《ふた》つの実から、幾億の種が飛びだす。

腹や胸や首や、顔にまでとっぷりかかった気がしたのは錯覚だった。

すべては褌の中のことだ。おむつを濡《ぬ》らした子供の不快感を知った気になった。いや、最近のおむつはこんなひどい濡れ感はまずないだろう。あまり吸収せずタプタプと濡れて、一瞬で冷たくなるそれは不快で不快で……それでも体にはうずきと熱が残っている。

射精の快感だけで満足できる体じゃない。もうじゅくじゅくに熟れてしまっている。

「や……ぁ、褌の中……ぐしょぐしょ……」

「こんなのは濡らしてこそのもんだろうが」

「え……っ、違うだろ……そんなの聞いたこと、ない……」

綿の間からじゅわりと染みだしそうな精のにおいが、つんと鼻を刺激する。

こういうときに嗅ぐと媚薬《びやく》のように効いて、途轍《とてつ》もなく大胆な自分が頭をもたげる。

「——可畏……っ」

勝手に両手が動いていた。

ひざ裏をかかえたまま開脚方向にぐわりと、股関節の限界まで広げる。

可畏の指をくわえこんでいる淫らな孔から、とろみがつうっとこぼれ出した。

その正体はとろけたゼリーにすぎないけれど、濡れる感覚は本物だ。自分の中から生まれている。

「もう、挿《い》れたい」

可畏の声には抑揚がなく、あせりもなく、それでいて熱っぽい。

ぴたりと寄せられる重いものは、持ち主と同じことを訴えていた。

早く入りたがり、すぼまりに脈動を伝えてくる。

「ん……もぅ、挿れて、ほし……」

「ゴム、着けるか？」

「……ん？　んー……や、生がいい」

普段は子供たちが近くにいるので、事後も難なく動けるよう、ゴムを使うことが多かった。

そうしてくれるほうが楽だし利点も多くあるけれど、今は違う。求めるものはそれじゃない。

「たまには生で……可畏の……お肉、欲しい」

「お肉ってなんだ？　ハッキリいえ」

「ハッキリいうの……恥ずかしいからにごしてるんだろ……」

「逆にエロい」

にやりと悪い顔をされ、血肉の塊とは思えないくらい硬いものを押し当てられる。

可畏は出会ってからこれまでの間に人が変わったように優しくなったが、たかぶるそこは相変わらずだった。出会ったときからずっと、暴君そのものだ。

「くっ、あぁ……は、ぅ」

食い気に満ちた孔に、食べごろの肉がずぷりと入ってくる。

ゴムがあってもなくてもこの段階ではあまり変わらないのに、生だと思うと興奮した。

自分にとっては変わらなくても、可畏にとってはすでに違うとわかるから——可畏が自分を抱いて気持ちよくなり、身も心もよろこんでいると思うと、それだけで快感が倍増する。

「は……っ、ぁ……おっ、き……ぃ」

入れそうにないところに着実に入ってくるそれは、ずっしりと重くて存在感が半端じゃない。

自分の中をミチミチに満たしてくれて、つながらないはずの体を深くつなげてくれる。

「う、ぁ……すごい、ミッチ……ミチ……」

「——ッ、肉を食わないお前に、求められる唯一の肉っていうのも……ッ、悪くないな」

「う……ん、この……お肉は……すごい、好き……」

「腹いっぱい食わせてやる」

「ん……っ、もう、お腹、いっぱい……っ」

いかにも凶暴な暴君のようで、実際にはちゃんと斟酌《しんしゃく》して進んでくるそれが、最奥に近いところまでやって来る。

内側から破裂しそうな圧があり、それでいて痛みはほとんどなかった。

まろやかで心地よい衝撃が、何度も何度も押し寄せてくる。

「あ……はっ、あぁ……！」

頭のてっぺんまで貫かれた気がして、ぐんと身が伸びた。

ソファーの上にいるのに、きゅうくつには感じない。

可畏に抱かれている安心感で、大船に乗って海をゆらゆら漂っているみたいだった。

とても気持ちがいい。たとえようもなく気持ちがよくて、今夜正式に可畏の婚約者になったよろこびが今になって花開く。

このとんでもなくいい男に、選んでもらえた。自分も可畏を選んだ。

三人の可愛い子供に恵まれて、多くの人に祝福され、協力してもらって、今こうしてふたりだけの時間をすごしている。

「可畏……好き、大好き……」

感極まって素直すぎる告白をすると、間髪いれずに「俺もだ」とささやかれた。

わかりきってはいるけれど、こんなにスルッと口にするのはめずらしい。

たぶん、可畏も同じことを感じていたからだろう。

「可畏……っ、ん、ぅ……！」

ずぷんと奥まる可畏の体を浴衣越しになぞり、引き寄せる。

器用にきっちりとしめられた帯はそのままで、裾だけがはだけていた。

太腿に触れて両手をすべらせ、なめらかな肌をたどる。

後ろ側に持っていくと、手応えのある筋肉のふくらみに胸が躍った。この上なくいい体への羨望と、独占欲がふくれ上がる。

「この……お肉も、好きだから……」

「――……尻か？」

「うん……だから今度、可畏の褌姿も……見たいなぁ」

今この手にあるふくらみの間に、六尺褌がくっと食い込んでいるのを想像すると、すでに躍っている胸がさらなる期待に飛び上がる。

「お前も、布越しのフェラをするのか？」

「うん……いつもしてるけどな」

「いや、最近されてねえ」

「……あれ、そうだっけ？　あっ……ぁ」

また深く入ってくる可畏を受け止めて、形のいいヒップラインを思う存分なでさする。

浴衣と帯の下に手をすべり込ませ、これでもかというほど高い位置にあるウエストをさぐり当てた。

ぎゅっと引き寄せると、ただでさえ拡がっていたすぼまりが内側からみしりと拡がる。

腹の奥に圧が来て、苦しくて、少し痛くて……でも、可畏を全部もらったよろこびのほうが遥かに大きい。

「すっ……ごい、やっぱり……生だと、引っかかる……感じが……」

「それは……俺も同じだ……ッ」

快感で詰まり、揺らぐ可畏の声が降り注ぐ。

期待を上回る表情がそこにあって、雄っぽい艶めきにハートをつかみ取りされた。

「可畏……っ、可畏……俺の中……気持ち、いい？」

「──聞くな……そんな、当たり前のこと……」

可畏の唇から漏れる声や吐息が、濃いピンクに色づいている。

欲情して濡れた黒い瞳は、とろみのついた黒蜜みたいにきらりと光った。

虹彩にちりばめられた赤い色も、普段より鮮明に見える。

「あ、ぁ……ん、また……イっちゃ……ぅ」

「潤……ッ」

「可畏……も？　もう、来る？」

「――ッ……行く……お前の中に……」

くぐもった声の色っぽさに、耳がよろこぶ。

可畏の存在そのものが熱の塊で、見つめるだけでジュッと心をこがされた。

こんなにいい男が自分のパートナーなんだ、婚約者なんだ――もう一度改めて実感すると、体重をかけてぐぐっと突かれる。

「ふ、あぁ……ッ！」

「――ッ、ゥ……！」

そのまま押しだされるように弾けて、可畏の歓喜を奥で知った。

なんの隔てもないつながりは、最初の怒濤《どとう》も続く寄る波も、余すところなく伝えてくれる。

雄々しさを少しも失わずにドクドクと心臓のように脈打って、熱くて重たいくらいの波動を打ち込んできた。

「……く、ん、ぅ！」

「――ッ、ン……」

腰をぎゅっと引き寄せると、咬みつくようなキスをされる。

大きな口で大きく食まれ、唇を崩された。

襲われているような激しさに、出会ったばかりのころの記憶が呼び覚まされる。

べつにトラウマなわけじゃない。可畏との行為はもう全部、あってよかった過去として取り込んでいる。好き放題に襲われて奪われて、ひどい目に遭っていたころの自分に今の心境を話したら、肩をつかまれて「冷静になれ」と説得されるだろう。

でもきっと、その真剣さに自分は笑ってしまう。そうだよなと理解しながらも、申し訳ないくらい確実に笑い飛ばしてしまう。

——俺は……ものすごく幸せだよって、教えてあげたい。

豪快に達したのが嘘のようにたかぶり続ける可畏を感じながら、舌を絡めて唇を吸う。くっきりと形のいい上唇も、官能的な下唇も、熱く濡れた舌も愛しくて、食べたいくらいの気持ちを込めてねぶった。

——ああ……俺が唯一、求める肉だ……。

体の奥深くに欲しい肉。唇にも、舌にも、肌の上にも欲しい肉。

可畏に抱かれているときの自分は、骨の髄まで肉食だ。

この肉を味わいつくしてふるえそうなほどよろこび、感じている。

「……可畏、もっと……っ」

つながったままねだると、終わりなどないような抽挿がまた始まる。強靭《きょうじん》な筋骨を思わせる力強い腕にすくわれながら、腰をゆらゆら、ブランコのように揺さぶられた。

「ふ、ぁ……ぁ！」

「――ッ！」

ずぷんとねばつく音がして、中に出されたものが広がる。

揺れる自分の腰と迫ってくる可畏の腰が、激しくぶつかり合う。

一定のリズムを刻みながら、肉と肉がこすれて淫らに燃えた。体液が冷める暇は少しもなく、摩擦でいっそう熱く濡れる。

「潤……ッ」

「あ、ぁ！」

二度目の精を注がれて、中がとろみでいっぱいになる。

もうほとんど性器のように、とろとろにとろけて可畏を包み込む。

「――ん、ぅ……中、いっぱいで……もう、妊娠しそう……」

揺らされながらつぶやくと、可畏が息を詰める。

お前がいうとシャレにならないからやめてくれ――といいたげに眉を寄せて……そのくせ、「孕《はら》ませてやる」と、ぞくっとするような低い声で笑った。

あとがき

こんにちは、犬飼《いぬかい》ののです。

本書を御手に取っていただき、ありがとうございました。

暴君竜シリーズの番外編集二冊目です。

ファミリーネタが多めでしたが、書き下ろしなどお楽しみいただけましたでしょうか？

フェアや電子特典、雑誌掲載分など、集めてみると想像していた以上にたくさんの番外編があり、並べるのも修正するのもなかなか大変な作業でした。

もし過去の自分にアドバイスできるなら、「フォルダ名やファイル名や掲載年月や用途など、もっとわかりやすくしておきなさい」といいたいところです。


本書は暴君竜シリーズ十二冊目で、一冊目が出たのは八年前でした。

思いがけずシリーズになったあとも、まさかこんなにたくさん書かせていただけるとは思わなくて……翼竜が出てきたり水竜が出てきたり子供が生まれたりと、キャラクターがわさわさ増えてびっくりです。応援してくださった皆様のおかげで生まれてきたキャラクターたちを、これからも可愛がっていただければ幸いです。

いつも応援してくださる読者様、イメージ以上に素晴らしいイラストを描いてくださる笠井《かさい》あゆみ先生、導いてくださった担当様、関係者の皆様、本当にありがとうございました。大変な目に遭ってきた可畏と潤にも、おつかれさまといいたい気持ちです。

暴君竜シリーズ、機会をいただけましたらまた書かせていただきたいと思いますので、引き続きおつき合いいただきますよう、よろしくお願い致します。

犬飼のの

初出一覧

暴君竜の白くて甘い日……全員サービス小冊子（2017）
ヘルメット竜を飼いならせ……バースデーフェア小冊子（2017）
リトロナクスの双子……同人誌（2019）
暴君竜と初恋の香り……書籍「キャラ文庫アンソロジーII 翡翠」（2018）
幼生竜と卒業式……キャラ文庫「幼生竜を飼いならせ 暴君竜を飼いならせ 6」電子限定特典（2018）
暴君竜はミルクの香り……キャラ文庫「皇帝竜を飼いならせII 暴君竜を飼いならせ 8」電子限定特典（2019）
暴君竜の恐竜島ツアー……キャラ文庫「皇帝竜を飼いならせ I・II 暴君竜を飼いならせ 7・8」連続購入店舗特典（2019）
恐竜ベビーと暴君パパ……バースデーフェア小冊子（2018）
双子ベビーと水竜王……プレミアム＝ペーパーセレクション（2018）
暴君竜とジャングルの王者……バースデーフェア小冊子（2019）
暴君竜の春休み……「Chara25周年記念原画展」イベント小冊子（2020）
暴君竜ファミリーの愛情記録……バースデーフェア小冊子（2020）
暴君竜と白い花冠……プレミアム＝ペーパーセレクション（2020）
暴君竜パパの優雅な御仕事……プレミアム＝ペーパーセレクション（2019）
無影竜の献身……キャラ文庫「最愛竜を飼いならせ 暴君竜を飼いならせ 10」電子限定特典（2021）
暴君竜の肖像……キャラ文庫「最愛竜を飼いならせ 暴君竜を飼いならせ 10」店舗特典ペーパー（2021）
欲深き肉食の婚約者……書き下ろし

この本を読んでのご意見、ご感想を編集部までお寄せください。

《あて先》〒141-8202 東京都品川区上大崎3-1-1
徳間書店 キャラ編集部気付
「暴君竜の純愛 暴君竜を飼いならせ番外編2」係

Chara

暴君竜の純愛

暴君竜を飼いならせ番外編2

……【キャラ文庫】

2022年5月31日 初刷

著者 犬飼のの
発行者 松下俊也
発行所 株式会社徳間書店
〒141-8202 東京都品川区上大崎3-1-1
電話 049-293-5521（販売部）
03-5403-4348（編集部）
振替 00140-0-44392

印刷・製本 図書印刷株式会社
カバー・口絵 近代美術株式会社
デザイン おおの蛍（ムシカゴグラフィクス）

ISBN978-4-19-901065-1

投稿小説 大募集

『楽しい』『感動的な』『心に残る』『新しい』小説――
みなさんが本当に読みたいと思っているのは、
どんな物語ですか？
みずみずしい感覚の小説をお待ちしています！

応募のきまり

応募資格

商業誌に未発表のオリジナル作品であれば、制限はありません。他社でデビューしている方でもOKです。

枚数／書式

20字×20行で50～300枚程度。手書きは不可です。原稿は全て縦書きにしてください。また、800字前後の粗筋紹介をつけてください。

注意

❶原稿はクリップなどで右上を綴じ、各ページに通し番号を入れてください。また、次の事柄を1枚目に明記して下さい。
（作品タイトル、総枚数、投稿日、ペンネーム、本名、住所、電話番号、職業・学校名、年齢、投稿・受賞歴）
❷原稿は返却しませんので、必要な方はコピーをとってください。
❸締め切りは特別に定めません。採用の方にのみ、原稿到着から3ヶ月以内に編集部から連絡させていただきます。また、有望な方には編集部からの講評をお送りします。（返信用切手は不要です）
❹選考についての電話でのお問い合わせは受け付けできませんので、ご遠慮ください。
❺ご記入いただいた個人情報は、当企画の目的以外での利用はいたしません。

あて先

〒141-8202　東京都品川区上大崎3-1-1
徳間書店　Chara編集部　投稿小説係

投稿イラスト 大募集

キャラ文庫を読んでイメージが浮かんだシーンを、
イラストにしてお送り下さい。
キャラ文庫、『Chara』『Chara Selection』『小説Chara』などで
活躍してみませんか？

応募のきまり

応募資格

応募資格はいっさい問いません。マンガ家&イラストレーターとしてデビューしている方でもOKです。

枚数／内容

❶イラストの対象となる小説は『キャラ文庫』及び『Chara、Chara Selection、小説Charaにこれまで掲載された小説』に限ります。

❷カラーイラスト1点、モノクロイラスト3点の合計4点をお送りください。カラーは作品全体のイメージを、モノクロは背景やキャラクターの動きのわかるシーンを選ぶこと(裏にそのシーンのページ数を明記)。

❸用紙サイズはA4以内。使用画材は自由。データ原稿の際は、プリントアウトしたものをお送りください。

注意

❶カラーイラストの裏に、次の内容を明記してください。
(小説タイトル、投稿日、ペンネーム、本名、住所、電話番号、職業・学校名、年齢、投稿・受賞歴、返却の要・不要)

❷原稿返却希望の方は、切手を貼った返却用封筒を同封してください。封筒のない原稿は編集部で処分します。返却は応募から1ヶ月前後。

❸締め切りは特別に定めません。採用の方にのみ、編集部から連絡させていただきます。また、有望な方には編集部から講評をお送りします。選考結果の電話でのお問い合わせはご遠慮ください。

❹ご記入いただいた個人情報は、当企画の目的以外での利用はいたしません。

あて先

〒141-8202　東京都品川区上大崎3-1-1
徳間書店　Chara編集部　投稿イラスト係